旧怪谈

[日] 京极夏彦 著

王延庆 译

北方联合出版传媒（集团）股份有限公司

万卷出版公司

著作权合同登记号：06—2019 年第 154 号

ⓒ 京极夏彦　2021

图书在版编目（CIP）数据

旧怪谈 /（日）京极夏彦著；王延庆译 . — 沈阳：万
卷出版公司，2021.4
　ISBN 978-7-5470-5400-0

　Ⅰ . ①旧… Ⅱ . ①京… ②王… Ⅲ . ①短篇小说—小
说集—日本—现代 Ⅳ . ① I313.45

中国版本图书馆 CIP 数据核字（2020）第 141528 号

FURUI KAIDAN – MIMIBUKURO YORI
by KYOGOKU Natsuhiko
Copyright ⓒ 2007 KYOGOKU Natsuhiko
All rights reserved.
Originally published in Japan by MEDIA FACTORY,Tokyo.
Chinese (in simplified character only) translation rights arranged with RACCOON AGENCY INC.,Japan
through THE SAKAI AGENCY and BARDON–CHINESE MEDIA AGENCY.

出 品 人：王维良
出版发行：北方联合出版传媒（集团）股份有限公司
　　　　　万卷出版公司
　　　　　（地址：沈阳市和平区十一纬路 25 号　邮编：110003）
印 刷 者：辽宁新华印务有限公司
经 销 者：全国新华书店
幅面尺寸：145mm×210mm
字　　数：160 千字
印　　张：7.5
出版时间：2021 年 4 月第 1 版
印刷时间：2021 年 4 月第 1 次印刷
责任编辑：史　丹
封面设计：❀ 所以設計館
责任校对：张希茹
ISBN 978-7-5470-5400-0
定　　价：39.50 元
联系电话：024-23284090
传　　真：024-23284448

常年法律顾问：李　福　　版权所有　侵权必究　　举报电话：024-23284090
如有印装质量问题，请与印刷厂联系。　　　　　　　联系电话：024-31255233

目 录

前　言

　　这里要请大家阅读的故事，均取材于江户时代出版的《耳袋》一书。《耳袋》这本书，收集了旗本[1]根岸镇卫自天明年间至文化年间，历经三十余年撰写的作品，其文章按照体裁尽可分类为杂文。可是，《耳袋》并不是一本随笔集。社会地位显赫，交际广泛且好奇心旺盛的根岸镇卫，从朋友和熟人那里听到了许多逸闻趣事与奇谈怪论，并且从街头巷尾收集到了许多闲话谣言和迷信传说。他便将这些故事的来龙去脉记录下来，并整理成册。其中大部分为民间传说，有些难免出于刻意编造，读后只能付之一笑。此外，

　　1　日本江户时代直属将军的家臣中、俸禄在一万石以下、有资格直接晋见将军的家臣。

书中对于世态炎凉采取了讽刺的写作手法。在这方面，根岸镇卫的选题标准，与其说是"基于事实"，不如说更像是侧重于"趣味性"。可以说，《耳袋》是一本两百年前的"世态炎凉之趣味杂文笔录"。

另一方面，《耳袋》一书同时收集了一些古怪的故事，以至于被现代人看作是一种"怪谈"。可是，作者根岸镇卫本人原本并没有打算以此来恐吓读者。而且该书与日本其他的逸闻书籍一样，采取了平淡的记述方法，多数情况下又缺乏必要的说明，因此现代的读者们在阅读时，往往只是将内容草率地看过。但是认真读起来，我们仍然随处都能够感受到场面之"恐怖"。

两百年以后的今天，怪谈收集家木原浩胜先生和中山市朗先生二人共同编撰了《新耳袋》一书。根据书名便可以得知，他们是模仿根岸镇卫的手法，从众多人的口中收集到他们的"亲身经历"，并以"怪谈"的形式记录下来编辑成册，因此明白的人自然心知肚明。不用说，那是一本怪谈书籍，读起来会让人感到毛骨悚然。

这部作品，是将《耳袋》中的古怪故事、奇特故事以

《新耳袋》的形式，按照"怪谈"的文体尝试着重新进行了编撰，以飨现代的读者。

下面，就请欣赏新编的《旧怪谈》。

蹲在路边

　　U先生是我（根岸）的远房亲戚，他是一位严谨正直的武士。

　　现在的他已经归乡隐居，以前在职的时候无论被委以什么重任，他都会毫无怨言，忠实地履行好自己的职责。论性格，他是一位老实忠厚的人。

　　那还是U先生四十多岁时候的事情。

　　一天午后，开始下起了暴雨。U先生早早地关上了门窗，换上睡衣，开始铺床准备休息。

　　到了三更半夜，只听外面有人敲门。

　　U先生隔着窗户问是什么人，原来，是值班的同僚跑来召唤，说是有紧急公事。

　　既然是公事，自然怠慢不得。于是，老实忠厚的U先生赶紧起身穿好了衣裳，带着一名侍从出了家门。

外面飘泼大雨下个不停，雨点夹杂着狂风打在门窗上。U先生用力推开了门。如果不是紧急公务，这个时候他是不会出门的。平常，这个时间还会有人走动。但毕竟是夜路，附近见不到一个人影。别说是巡夜打更的人，就连一只小狗崽都看不见。

豆大的雨点打在身上冰冷刺骨。北风吹来，稍有不慎提灯的火苗就会被吹灭。

如果途中灯火灭了，就有可能耽误大事。想要借个火，却是无路可寻。即使灯笼亮着，也是深一脚浅一脚地艰难行路。若是四周漆黑一片，如何能够赶去执行公务？

有句谚语说得好，欲速则不达。这个时候更需要格外小心。

U先生用涂了桐油[1]的油纸布遮住提灯，继续向前走去。

就在两人走到番町马场附近时，只见前方蹲着一个人。

前方路边上，有一个女人蹲在那里。噢，推测是女人，或许也并非是女人。

眼前是一条笔直的道路。雨越下越大，倾泻如注。又

1　桐油：涂在油纸上，用来做雨伞或斗篷的防水材料。

不能打着灯笼上前看个究竟。

"或许是我看花了眼？"U 先生自言自语道。

总该不是自己的幻觉吧，U 先生思索着。

不错，的确有什么东西在那里。

U 先生心里暗自迟疑，却仍是马不停蹄地从那东西旁边走了过去。他脑子里想象着，一定是个女人穿着雨衣蹲在那里。可是，等到走过去之后，U 先生又开始犹豫起来。

还是不对，U 先生心里琢磨着。

说它穿着雨衣，是因为那东西既没有撑着雨伞又没有戴着斗笠。说它看上去像个女人，是因为没有在它头顶上看到丁髷[1]。这既不是武士的模样，也不是村民的打扮，而且它头顶上没有落发。正是因为如此，U 先生才在心里推测那是个女人。可这大雨天的又是深更半夜，不用说，一个女人绝对不可能蹲在大路边上。如此看来……

U 先生头也不回，快步向前走去。

同行的侍从却回过头张望着。U 先生之所以认为那不是自己的幻觉，正是因为还有一位目击者。

"我说……"同行的侍从张口说道。

"那 —— 是个什么东西？待我回去仔细看一看，

1　丁髷：日本江户时代武士的发型，将头发绾成髻盘在顶部。

如何?"

"不必去看!"U 先生回答道。

不，无论那是什么人，深更半夜的，大雨中被困在了道边上，我想都应当伸出援手救他一把。即使是手艺人啊商人啊，纵然身份低贱，但大家都一样，这也是理所当然的。

可是，不对! 还是不对! 那并不是什么身份的问题。刚才的确像是有个东西蹲在那里，可那又不像是人，总之让人感觉很奇怪。

眼下首要任务是尽快赶到公务现场——U 先生这样想着。

就在这时，他们走到了一个岔路口，看到两个当差的男人正提着灯笼从对面走来。

那两个男人高举起提灯，不住地打量着 U 先生。其中一个人张口问道:"出了什么事情吗?"按 U 先生的话说，当时自己的表情非常可怕。

"这回咱们人多势众，我看还是回去弄清楚那究竟是什么东西吧。"侍从开口说道。于是，U 先生转过了身。

可是，转过身后却发现那个身影不见了。这么一条狭窄笔直的道路，不可能有谁绕过 U 先生他们跑到了前面。道路两旁没有一户人家，根本无处藏身。即使向相反方向逃走，只要不是拼命奔跑，也不可能一下子消失得无影无踪。U 先生等人走过去再次确认，却仍不见那东西的踪影，而且没有留下任何痕迹。黑暗之中只有硕大的雨点不停地从天而降。

U 先生感到十分奇怪，却又不能在此久留，只好向那两位当差的男子道了谢，说让他们费心了，便急忙向公务现场走去。同行的侍从心中疑惑不解，不住地摇晃着脑袋。

到达公务现场门前时，U 先生开始感觉浑身发冷，头脑迷糊，之后便不省人事。

"当时冻得我直打哆嗦。"U 先生笑着说道。

"过来迎接我们的同僚赶忙把我扶到了屋里。结果，我第二天浑身颤抖，发高烧患了重病，从那以后二十天时间里一直卧床不起。据说是得了疟疾[1]。"U 先生说，"大概是因为入秋后深更半夜在外面跑，被大雨激出病了。"

和 U 先生在一起的侍从，也在床上躺了整整二十天。

"同行的侍从至今还说——那是因为大雨里瘴疠[2]瘀滞凝结成了气团，可谁知道那究竟是真是假？怎么会有这么奇怪的事情？如此说来，也许是传播传染病的瘟神在大雨

1　疟疾：一种周期性发烧发寒的急性传染性疾病。

2　瘴疠：受气候或水土影响而产生的一种高热病。

里蹲在了路边。可这种事情谁也说不好。"

"可是……"U 先生接着说道，"那天把我扶到屋里的那位同僚却在事后逢人便说，'那天晚上见到他们时，我着实吃了一惊。那一瞬间我还以为是闹鬼了。只见门外大雨中有两个人蹲在地上。'"

"是呀！我们也蹲在了地上。"U 先生说着，不禁再一次笑出了声。

不记得

F 先生在大坂¹开了一家诊所。

也许是因为医术高明，不少远方的病人都特地前来求医。有时 F 先生还要应患者的请求前去患者家出诊。

那是 F 先生到真田山脚出诊时候的事情。

说是出诊，其实也并非都是得了急症的患者或是重症病人。真田山脚下住着一位老人，他是 F 先生的老朋友。这个人博闻多识，是所谓的万事通。F 先生总是希望借着出诊的机会拜访他，和他聊上一通。不过怎么说那也是位高龄老人，去了总是免不了全身上下检查一遍。但是老人却非常健康，并没有什么顽疾。F 先生出诊也只是个名目，

---

1 **大坂**：即现在的大阪，原本写成"大坂"。

实际上是拜访老人并嘘寒问暖一番。

好长时间没有见到老人了。F先生到了以后简单地问过诊，便坐在屋檐下，老人端出了萩饼款待他，于是两个人便一边吃一边山南海北[1]地聊了起来。

无论F先生问及什么话题，老人总是微笑着认真地做出回答。

一晃儿到了傍晚时分，正当两个人说说笑笑兴致正浓时，院子里进来了一个男子，看上去一本正经的样子。

F先生看了一眼那个男子，只见他身穿一身轻便服装，显得格外潇洒。

那男子穿过庭院，径直来到了老人的跟前。

"我有事情要出远门，恐怕有一段时间不能与您相见，特地前来向您告辞。"

说着，那男子向老人鞠了一躬。

原来如此，老人高兴地说着，拍了拍手唤出了仆人，吩咐再端上一盆萩饼。随后，老人把那男子向F先生做了一番介绍，说他住在藤森山，但不知为何却没有告诉F先生那男子的姓名。不久，仆人又端出了满满一盆萩饼。

那男子一边客气地道着谢，一边吃起了萩饼。

1　山南海北：指聊起天来漫无边际。

只是，他吃萩饼时竟然既不用筷子，也不用手。

只见那男子低着头，用嘴直接从盆里叼起萩饼嚼了起来。他仪表堂堂，衣装整洁，可吃起东西来行为举止却如此不雅。F先生感到非常奇怪，目不转睛地望着那男子粗鲁的样子。

待那男子吃完萩饼，老人张口说道："你家住得远，赶快回去吧！"

男子顺从地点点头，再一次冲着老人深深地鞠了一躬表示感谢，随后又向F先生点了点头，便转身离去。

待目送那男子离去后，F先生的心里开始产生了疑虑。

藤森位于京都的伏见，与真田山有相当一段距离。现在已经是傍晚时分，如果不是连夜赶路，根本不可能赶到。

那位男子，他中途要住上一宿吗？听F先生这样问，老人回答道："不必担心，他在太阳下山之前，就会赶到藤森。"

"那怎么可能呢？"F先生反问道。

按照距离来说，无论如何那都是不可能的事情。

"不用担心，那个人是一只狐狸。"老人若无其事地回答道。

F先生还以为老人在开玩笑，大声地笑了起来。他猜想，或许是老人看那男子吃东西的样子奇怪才用话来嘲笑他。可是，老人却表情严肃，一本正经地说道："我说的是实话。"

F先生不相信，于是老人接着说道："我问你，你是否还记得那个人穿的是什么花纹的衣服？"

这一下可把F先生问傻了。他根本就不记得那男子的衣着。

F先生一点儿也想不起来那男子衣服上有什么花纹，只记得他衣着华丽，显得格外潇洒。F先生并没有注意那男子的衣服，而是目不转睛地观察着他吃萩饼的样子。

可这么一说——岂止是服装的花纹，连颜色、质地，F先生也没有一样记得。

见此情景，老人开怀大笑，随后说道："妖怪穿的东西是不可能让人看得清虚实的。狐狸化装成人，你怎么可能记得住它穿的是什么衣服呢？"

"你不相信吗？因为它是狐狸，所以不可能穿着衣服啊！"老人接着说道。

F先生感觉自己就像被人捉弄了一番似的，回答道："不过，我的确不记得了。"他摇了摇头。

我回来了

前些日子 A 先生向我讲述了一件事。

A 先生的家在中山道桶川町，同一个町里居住着一位 B 女士。

B 女士和她的儿子两个人生活在一起，日子过得虽不宽裕，但也不是很穷，生活并不感到困难。只是有一件事情，让 B 女士始终放心不下。

最近，她儿子的精神状态越来越让人感到担心。

看上去倒不像是精神失常，也不像是被狐狸精附体，表面上也并没有出现过什么过激的举动。

只是，他一天当中总会有那么几次，似乎完全失去了意识，一个人呆呆地发愣。和他说话也没有反应，两只眼睛直直地瞪着，身上也没有知觉，一副精神恍惚的样子。

说起来其实也没有什么其他症状，但总是让人感觉不正常。B 女士为给儿子求医治病，四处奔波寻医问药。在 B 女士的努力下，儿子的病情开始有所好转，基本上恢复了正常。

但即便如此，儿子有时还是显得精神恍惚，这让 B 女士感到很焦虑。

有一天，儿子突然走到 B 女士的面前。

"我想一个人去附近的稻荷神社[1]参拜。"儿子说道。

在此之前儿子既不信神也不信佛，这种反常情形让 B 女士感到非常不安。

其实参拜本身并不是一件坏事，只是这个时候突然提出来，B 女士觉得必须加以劝阻。虽然儿子的病情有所好转，但仍然没有彻底恢复。这个时候让他一个人外出，万一发生什么意外，怕是后悔也来不及了。

可是，儿子却无论如何一定要去参拜。

B 女士和街坊亲戚商量后，大家一致认为必须阻止儿子的行动。可是，儿子却执意要去，根本不听大家的劝阻。

无奈，B 女士只好和稻荷神社取得联系，告知对方有这样的一个人前去参拜，请求神社能够给予关照，然后同

1　稻荷神社：敬奉稻荷大农神的神社。

意了儿子要去参拜的请求。

这一次并没有出现意外。

过了没多久，儿子又来到了 B 女士的面前。

"这一次，我想去浅草寺[1]参拜观音菩萨。"儿子张口说道。

这次儿子还是提出要自己一个人去。这令 B 女士感到十分为难，于是再一次叫来了亲戚们商量，可儿子却仍和上次一样，根本听不进劝阻的话。母子双方僵持不下，为此 B 女士找来了町里的干部商量。町里的干部们都知道她儿子的情况，也都表示非常担心，说要是在附近也就罢了，他想要独自一人去浅草寺，这的确很难得到大家的同意。由于干部们坚决反对，B 女士便竭尽全力阻拦儿子。

于是，儿子也不再提起这件事情。可是又过了四五天，B 女士一个不留神，儿子竟突然从家中消失了。

这下可急坏了 B 女士。她认为儿子一定是一个人去了浅草寺。

如果是健康人还情有可原，可儿子毕竟还没有完全恢复正常。万一路上发生意外，后果不堪设想。

1　浅草寺：位于日本东京都台东区，是日本现存的具有江户风格的民众游乐之地。

B 女士坐立不安，求人四处寻找，却都没有找到儿子的踪影。不用说，浅草寺附近也都找遍了，同样没有发现儿子参拜过观音菩萨的痕迹。

　　那是儿子消失后第四天凌晨的事情。

　　咚——巨大的声响，把 B 女士从梦中惊醒。声音来自院门口水井的方向。

　　听到声音后，街坊四邻纷纷走出家门，询问出了什么事情。不一会儿，就发现井里漂浮着一个人，这可急坏了大伙儿。有人掉进井里啦！于是报告了町干部，大家齐心协力，总算把人拖了上来。

　　"是 B 女士的儿子！"

　　A 先生也赶来参加了打捞作业。

　　"捞上来时还有一口气，尽管马上叫来了医生紧急抢救，可当天晚上还是咽了气。好不容易一个人跑了回来，偏偏又遇到这种事情，当时在场的人无不为之叹息。"

　　B 女士感到非常悲痛，那伤心的程度难以用语言表达。由于自己的一时疏忽，致使儿子丧失了性命，伤心痛苦自是不言而喻。

　　B 女士泣不成声，A 先生则与菩提寺[1]以及 B 女士的

　　1　菩提寺：安置祖坟、摆放祖先牌位的寺院。

亲戚们联系，大家帮忙一同着手准备葬礼。当天大家为死者通宵守灵，第二天便在菩提寺顺利地为死者下了葬。

"看到 B 女士那可怜的样子，亲戚朋友、街坊邻居也都伤心地流下了眼泪。"

"可是……" A 先生继续讲述着。

葬礼后第四天的夜晚，有人来敲 B 女士家的门。丧期还没有结束，这个时候会有谁来敲门呢？ B 女士战战兢兢地打开了房门。

竟是 B 女士的儿子出现在门外。

"我回来啦！"儿子打着招呼。

B 女士惊恐地大声叫了起来。

"那叫声惊动了街坊四邻，" A 先生说道，"我原以为发生了火灾，或者来了小偷。跑出来一看才发现，竟是 B 女士那死去的儿子站在了门外。B 女士大声喊叫着'幽灵！幽灵！'吓得不敢靠近他一步。所有的人都惊呆了。也怪不得大伙儿会吃惊，因为正是大家亲手为他下的葬。可 B 女士的儿子却是一副满不在乎的样子，相反地还对大家的反应感到有些奇怪。"

看那样子倒也不像是幽灵，于是 B 女士便把他请进了家中，大家一起询问事情的经过。B 女士儿子的说法是：大家都不让他去，可他实在忍不住，所以就背着母亲，一个人偷偷地去了浅草寺。

那怎么可能？但面对大家的详细询问，例如路上曾经在什么地方住宿，什么时候都做了些什么事情等问题，B女士的儿子都一五一十地解释得清清楚楚。

"我说的全都是实话！"

街坊邻居都觉得很不可思议，便派人去儿子描述中的各个所到之处调查了一番。结果，儿子所言全部都是事实。

"不管是外表还是言谈举止，怎么看都和B女士的儿子一模一样。有人怀疑，那也许是狐狸或者别的什么野兽变的？可是，从来也没有听说过真的发生这种事情呀。这让B女士和我们大家都感到非常为难。"

如果这个人的确是B女士的儿子本人——那么就意味着掉到井里死去的人，是另外一个毫不相干的人。

活着的B女士儿子就在眼前，这一点毋庸置疑。如此看来，只能认为是错误地把一个毫不相干的人埋葬在了菩提寺。

回想起来，或许是因为，当时B女士悲痛欲绝晕倒在地上，亲戚朋友、街坊邻居便都以为那个人就是B女士的儿子。这一点从一开始就没有人怀疑过。

或许还可以认为——由于当时事发突然，导致人们的思维陷入了混乱之中。

事情发展到如此地步，实在让人感到束手无策。

　　为此，在向町里的干部说明了情况，得到菩提寺的许可后，大家挖开了土坟，重新取出了棺木。如果真的是另外一个人，就要重新确认棺中之人的身份，重新进行下葬。

　　"可是，打开棺材一看，依旧是 B 女士的儿子。"

　　A 先生无可奈何地说道。

　　毋庸置疑，棺材里的尸体就是 B 女士的儿子。

　　"也分不清哪个是真哪个是假，两个人看上去都是 B 女士的儿子。或许也可以认为只是长得相像，但无论是死亡的地点，还是死亡的时间都是那样蹊跷。怎么会有这么巧合的事情？——这可真让人难以捉摸。"

　　町里的人、亲戚朋友、町里的干部、寺里的住持，包括"死者"本人的母亲 B 女士，无论谁看都觉得他们是同一个人。

　　"直到现在，B 女士的儿子还在守着自己的灵位生活着，尽管他有时还会出现精神恍惚的状况……"

　　"至于 B 女士，更是整天愁得不知道如何是好。" A 先生又说道。

破烂不堪

那是我（根岸）的朋友——一位眼科医生向我讲述的一段故事。

那位眼科医生住在江州八幡[1]，同一个町里还住着一位I先生。这个故事讲述的就是I先生的事情。噢，或许应当说讲述的是I先生的夫人——更准确地说，应当是I先生前妻的事情。

无论如何，反正I先生本人已经不记得那个故事了。

I先生是八幡一带屈指可数的大财主。他本是个商人，开了一家名叫M屋的百货公司，附近十里八乡无人不知、无人不晓。

1　江州八幡：现在的日本滋贺县近江八幡。

I 先生原本是 M 屋百货公司的主人，可现在他却已经过起了隐居的生活。

　　说是隐居，可 I 先生才五十几岁，正是年富力强的时候，并且身体也还很健康。

　　现在的 M 屋百货公司的主人与 I 先生本无亲缘关系，然而让人感到吃惊的是，那位百货公司的主人竟然是 I 先生妻子的丈夫。

　　"噢，说起来，也只能称呼他为 I 先生妻子的丈夫。"那位眼科医生苦笑着说道。

　　有人说，那是因为 I 先生的妻子在外面和人私通，才使他被别的男人篡夺了公司的大权。也有人说，那是因为凶狠的妻子把 I 先生赶出了家门，另招了男人。但是无论如何，I 先生现在与妻子以及妻子的丈夫一起，生活在同一个屋檐下。本来，这应当是一件非常不可思议的怪事。

　　实际上，I 先生二十年前曾经一度失踪。那时候 I 先生才刚刚结婚，并且在近江创立了自己的百货公司，可以说正值人生新的起点，而且是扬帆起航、一帆风顺的好时候。可就在这时，I 先生本人却突然失踪了。

　　因为既找不出动机，又没有任何前兆，因而令家人和仆人们大伤脑筋。家人不惜花重金四处寻找，结果仍然没有找到 I 先生的踪影。丈夫抛下公司突然失踪，这让新娘子感到十分为难。由于刚刚结婚，又没有后嗣，于是在和一家老小商量后，招了个上门女婿继承家业。

不久，妻子便以丈夫失踪的那一天为忌日，草草地为 I 先生举办了葬礼。

可是，没想到 I 先生又回来了。

"过了二十年以后，I 先生突然又回到了家中。正是这个缘故，I 先生才过起了隐居的生活，并且和妻子以及妻子的丈夫生活在了一起。在妻子看来，I 先生只不过是自己从前的丈夫。"

可对于 I 先生来说，这种事情根本无法接受。与其说无法接受，不如说是这种关系让他感到无法理解。

关于当初失踪时的经过，I 先生已经全都记不得了。除此以外，失踪的这二十年间发生的所有事情，I 先生也完全失去了记忆。

"与其这么说，不如说那二十年时间仿佛悄然蒸发，根本不曾存在。"那位眼科医生说道。

I 先生一直待在家里，没有去过任何地方。所谓 I 先生从外面归来的说法，根本是无稽之谈。

二十年前，I 先生只说了声"我去上趟厕所"，便离开了家。

那天外面一片漆黑，I 先生叫丫鬟¹打着灯笼，带着丫鬟一起去了厕所。

夫人在房间里等候，可左等右等也不见 I 先生回来。因为去时 I 先生带着个丫鬟，如此迟迟不归，难道是和丫鬟在外面调情？夫人心里担忧，便起身去外面看个究竟。

结果，只见丫鬟提着灯笼守候在厕所门前，站在那里一副愁眉苦脸的样子。

夫人问其原因，丫鬟回答道，I 先生进去如厕后无论怎么等也不见出来。她身为丫鬟，主人如厕时间再长也不能敲门招呼主人，为此只好一个人在这里苦苦等候。

即便是泻肚，也不可能花费这么长时间。

夫人试着敲了敲门，里面没有反应。呼唤 I 先生的名字也不见有人回答。莫非是晕倒在了厕所里？夫人心里着急，索性叫人过来把门打开。

可是，厕所里空荡荡的，一个人都没有。也没发现有什么人从窗户钻出去的痕迹。

不用说，丫鬟也感觉莫名其妙，盘问她也没有得到任何结果。

地上的鞋子一只不少，没发现有 I 先生离家出走的

1　丫鬟：服侍主人日常起居的女子。

迹象。

就这样，时间一晃儿过了二十年。

然而，就在二十年之后的某一天，厕所里忽然传来了呼叫的声音。打开一看，发现I先生就在里面，和失踪前的装束一模一样。

"夫人还记得丈夫失踪时穿的衣服。当时服侍I先生的丫鬟很早以前就已经被解雇，但是店里的人和家人都还在。且不说装束打扮，大家一眼就认出那便是I先生本人。所有人都感到十分惊讶，但回忆起事情的经过却谁也说不清楚。询问I先生本人，他也只说当时感觉肚子特别饿。"

因为I先生不住地说肚子饿得慌，于是家人便端上了饭菜，供他满足地饱餐了一顿。

"如果按照I先生本人的话去理解，那么I先生就是在厕所里蹲了整整二十年的时间。可无论如何，谁也不会相信这么愚蠢可笑的事情。"眼科医生苦笑着说道。

"总之，I先生很可能是出于某种原因一个人悄悄地离开了家，后来又偷偷地跑了回来。这样解释似乎还比较容易被人接受。可是，无论如何也说不清楚的，却是I先生再次出现在众人面前时身上穿着的衣服。"

吃完饭以后，I先生身上穿着的衣服竟然在众目睽睽之下，眼见着一片一片脱落，变得破烂不堪，最后化为一股尘埃消逝在空中。只见 I 先生浑身赤裸地坐在板凳上。

　　"这一点却是无论如何也解释不清的。"说着，眼科医生再次苦涩地笑了笑。

漆黑一团

N 先生是负责将军家内务的头领。

他性格豪放，富有责任感，是一个正直无邪的人。

有一次，大将军准备视察位于外山（现在的东京都新宿附近）的尾州公馆[1]，派 N 先生先行前去探路。

尾州公馆规模庞大，景致壮观，远近闻名，是这一带无与伦比的风景名胜。

初到此地，一眼望去，果然是名不虚传。

可是，N 先生却意外地感到精神很紧张。自己并非到此游山逛景，而是肩负着探路的重任。无论口碑多么好的

1　尾州公馆：尾州公是尾张藩的藩主，尾州公馆在尾张外山（今东京新宿）附近。

场所，也必然存在着被遗忘的角落。警备方面也必须仔细查看。

为了保证将军大驾光临此处时不出现意外，必须对每一个角落进行认真检查，严格排除隐患。

这就是 N 先生的职责。

在公馆负责人的引导下，N 先生绕着宽阔的庭园进行了彻底巡查。

尾州公馆的庭园，乃是模仿"东海道五十三次"[1]中的景致，建筑工艺极其精美。

看到尾州公馆的庭园修整得井井有条，N 先生感叹不已，打心眼儿里感到安心。

可是，在一个仿造的小山村里，坐落着一座寺庙。

N 先生将目光转向了那座寺庙。

走到近前仔细观察，发现那竟然是一座相当古老的寺庙。不仅年代久远，而且外观造型非常奇特。

来到正门前，只见门上挂着一把将军锁。那把锁看上去十分笨重，于是 N 先生对着引路的管理人问道："这座寺庙，为什么锁得如此严实?"

---

1 东海道五十三次：浮世绘画，描绘旧时江户至京都所经过的五十三个驿站的景色。

管理人轻轻地笑了笑，回答道："噢，据说过去这里面锁着一个什么恶神。这个传说至今仍然流传着。其实哪里有那种事情？只是没有必要特意打开，所以也就没有人去碰它。"

就是说，谁也不知道里面有什么，而且谁也没有在意里面是什么样子。的确，无论是否上着锁，都不会有人冒天下之大不韪，去打开那座寺庙的大门。加上还有这种不吉利的传说，所以就更没有人愿意去碰它了。

听了管理人笑着说的这番话，N先生感到有些无奈，但还是张口吩咐："把庙门打开！"

霎时，管理人止住了笑，赶忙劝阻N先生，请他不要打开寺庙的大门。

"为什么不能打开？你刚才不是也说没有那种事情吗？如果真是那样的话，打开看看又有什么关系？"

"话是这么说，可无缘无故地就打开庙门……"

管理人执意劝阻N先生，让他不要进去。

N先生越发感到可疑，用力推开了阻挡在门前的管理人。

"我并非无缘无故地就要打开庙门。我检查这里的目的，是保证大将军来时不出现意外。我并不是对尾张藩的先生表示怀疑。但是，如果大将军来时看到这里上着锁，他一定会问这里供奉着什么。那时，我必须认真地做出回答。我总不能说不知道吧？这是我作为负责探路的人应尽的职责。"

N先生催促着管理人赶快拿出钥匙，"如果硬要违抗命令，小心惹来不必要的麻烦！"

不知道是受到了N先生的再三威胁，还是担心招惹出不必要的麻烦，管理人终于还是老老实实地交出了钥匙。

或许那位管理人也知道，即使打开庙门也并不会有什么事情。N先生似乎也这么想。否则，管理人也不会轻易地就把钥匙交出来。

N先生将钥匙插入长满铁锈的锁眼当中，慢慢地转动着。

出人意料的是，锁头很轻松地就被打开了。

N先生打开庙门，探头向里面张望着。

突然——N先生迅速关上了庙门，重新上了锁，并把钥匙递到了管理人的面前。

管理人一时摸不着头脑，惊讶地望着N先生。

就在刚才还理直气壮的N先生，现在却突然睁大眼睛，张开嘴巴，显得惊慌失措。甚至连N先生本人都对自己的行为感到奇怪。

N先生简略地描述了所看到的情形。

"那时——"N 先生对管理人说道，"我打开了门，突然一只怪物从里面探出了头。他眼睛里冒出一道蓝光，吓得我浑身颤抖。"

管理人听了之后大为震惊。

"再也不要打开庙门了！"说着，N 先生把钥匙交给了管理人。

"啊，果然如此！祖先锁住的东西是不能够轻易打开的。N 先生以身试法，为我们做出了示范。"管理人深有感触地说道。

管理人对 N 先生的人品和口碑早有耳闻。为此，他觉得 N 先生是在故意表演，以对世人发出警示。想起来，似乎完全有这种可能。

可是，N 先生接着说道："总之，里面漆黑一团。"

说完，他就再也没有提到过此事。

扑　通

C 先生是巡回演出队的演员。

有一次，C 先生加入剧团老板、自己的好朋友 D 先生的演出队，到行德[1] 去参加演出。

演出非常成功。

连日来剧场里座无虚席，演员们的手头也宽绰起来，大家为此而兴奋不已。剧团老板 D 先生更是喜出望外，似乎也突然变得大方了起来。他收拾好戏棚，约请 C 先生和另两位要好的演员，准备乘船经海路沿行德海岸周游，并返回小网町[2]。

1　行德：现在的日本千叶县行德。

2　小网町：现在的东京都江东区日本桥附近。

四个人准备了一条船，带了一些酒菜，打算一边畅饮一边观赏海景，一路轻松，神气十足地返回江户。

　　这一次演出赚了些钱，为此 C 先生也高兴地接受了邀请。平常他可是省吃俭用，勤俭度日的。

　　"这次出来巡演，大家感觉不错嘛！"

　　听 D 先生这么一说，C 先生看上去也颇为放松。

　　一行四人上了船，就在大家推杯换盏，酒喝到兴头上时，却发现 D 先生不见了。

　　狭窄的船舱里居然会有人下落不明，这样的事情实在难以想象。刚才还在一起喝酒，所以 D 先生之前肯定就在船上。而船上又没有可以藏身的地方，既然是一起上了船，如果现在不在船上那一定就是掉进了海里。

　　除此之外，不存在任何其他的情况。

　　C 先生一时间脸色变得苍白，从船舱里探出身子遥望着大海，但是却看不到 D 先生的踪影。

　　不同于在陆地上失踪，如果真的从船上落入了海里，恐怕侥幸生存的可能性都不存在。普通人靠自身的力量游泳回到岸边，那是绝对不可能的。

　　三个人想尽办法，总算暂时回到了行德港，又找来了潜水员，组成搜索队，拉开大网寻找 D 先生的下落。结果，别说尸首了，甚至连一件衣袜也没有发现。

事情到了这种地步，必须赶快和 D 先生家属取得联系。C 先生等三人暂时拴好了借来的船，随后上了一条快船，一路返回了江户。

午后时分，三人抵达了江户。

C 先生三人径直来到了 D 先生家所在的传马町的一条小巷。

可是，眼看着到了 D 先生家门口，C 先生却望而却步，裹足不前。不知道什么原因，C 先生打心里开始犯怵。他催促着同来的一个人先进去，可这个人也吓得出了一身冷汗，站在那里动弹不得。让另一个人先进去，那个人也说不愿意。

不知道为什么，三个人都感到十分恐惧。

于是，三人决定暂时退下，待喝上一杯酒后再来见 D 先生的家人。虽说这种事情越早通报家人越好，但说起来又不是什么好事，说了以后还会引起家人的焦虑，所以不如将错就错，晚通报一会儿也不迟。

C 先生等三人在附近的一家小店里小酌一杯之后，再一次来到了 D 先生的家，但这一次大家仍旧是踟蹰不前。鉴于三人当中 C 先生最为年长，无奈他只好带头敲响了 D 先生的家门。

D 先生的夫人正在家里洗衣服。

夫人看到 C 先生等三人一身旅行装束，便开口问道："哎呀，你们为什么这么晚才归来？我家丈夫可是今天早上就回来了！"

C 先生一行三人听了以后大吃一惊，连忙问道："D 先生已经平安回到家了吗？"

如果 D 先生真的已经回到了家，C 先生三人恨不能马上和他见上一面。他们还要问问 D 先生，究竟是如何从船上消失的。

该不会是从海上游泳回到岸边的吧？

对事情经过一无所知的夫人，不耐烦地说道，丈夫喝了酒吃过饭，这会儿正在上面睡觉。

"既然你们这么着急想要见到他，那就请你们自便吧！"

D 先生的夫人似乎也不愿意亲自上楼叫醒丈夫，于是让 C 先生等三人自己上二楼。

夫人知道，C 先生他们三人很早以前就和 D 先生是工作之外一起玩乐的好友，他们来找 D 先生不会有什么正经事——C 先生看得出来，夫人一定是产生了误会。

可是，如果 D 先生真的回来了，这个时候对夫人讲了实话势必引起夫人的担忧。再说，夫人似乎根本就没有打算追问事情的经过。但即便如此，C 先生也不愿意随便登上别人家的二楼。见夫人准备烧火煮饭了，C先生赶忙上前，想请夫人帮助叫醒D先生。夫人勉强答应着，独自上了二楼。

就在夫人走到二楼的那一瞬间，只听到"啊——"的一声大叫，紧接着"咚——"的一声像是有人倒在了地上。听到这声音，街坊四邻也都跑了过来。无奈，C先生只得向大家说明了事情的经过，并请来了房东，在得到允许之后，大家一起上了二楼。

只见夫人昏倒在地上。

二楼床上铺着被褥，十分凌乱，似乎刚才还有人在这里睡过觉。C先生感觉到，正如夫人所说，D先生曾经回到了家中。

可是，此刻却见不到D先生本人。

总之，当务之急是先唤醒夫人。

人们往她脸上泼了水，又拍了拍她的脸蛋儿，不久夫人便苏醒了过来。

虽然恢复了神志，可问夫人到底发生了什么事情，夫人的回答却总是模棱两可，不得要领。她嘴里嘟囔着，浑身不停地颤抖。

"我问你，D先生真的回来了吗?"

被C先生这样一问，夫人开口说道:"回来了，的确回来了，只是……"

话到嘴边，夫人却又不肯说出。

"只是什么？到底出了什么事情？你看到了什么？"

在大家反复追问下，夫人才勉强说出，没有什么，丈夫和往常一模一样。

"只是，丈夫净说些不吉利的话。什么我死了以后，你要给我好好举办个葬礼。还说什么我死了以后，你可以改嫁他人。我一直以为他是在开玩笑，所以也没有在意……"

夫人浑身颤抖着，问道："我丈夫已经死了吗？"

关于 D 先生在海上失踪的事情，C 先生他们并没有告诉夫人。可是，在刚才夫人大叫的那一刹那，或许她已经得到了 D 先生死亡的信息。

这一点似乎可以确信。

不过，C 先生仍然无论如何都想要知道二楼究竟发生了什么事情。

他再一次追问着，可夫人并没有讲二楼发生的事情，却好像突然想起了什么似的说道："这么说……我丈夫在上二楼睡觉之前，的确说了些莫名其妙的话。至于他说了些什么……"

夫人再一次含糊其词，不肯说出。

C 先生感觉其中必有奥妙，于是一再追问道："或许夫妇之间的事情不便说出。但如果无妨，就请一定说出来听一听。"

"不，那不是什么夫妇之间的事情，也不是什么羞耻之事。只是，丈夫一再嘱咐我不要说出去……"

"不要说出去什么?" C 先生步步紧逼，不肯罢休。

"既然如此……"夫人正准备说上几句，但就在这时，"扑通——"一声从房顶上传来了巨大的轰鸣。

那声音震耳欲聋，好似一块巨大的岩石落下时发出的声音一般。

夫人"啊——"地大叫一声，再一次昏倒在地上。在场的所有人也都被这一突如其来的巨响吓得心惊胆战。

转眼间，街坊邻居纷纷四散而去。

"结果，因为这一巨大的声响，最终还是没能听清楚夫人到底说了些什么。"

C 先生摇晃着头，嘴里不住地念叨着："究竟发生了什么事情呢?"

妻子和狐狸

这是从不同人口中听到的同一个故事。

★

首先是 Y 先生讲述的故事。

那是发生在家住神田佐久间町的 M 先生身上的事情。

M 先生几年前丧妻，和女儿两个人在一起生活。M 先生既没有不务正业，也没有品行不端，只是有些好酒贪杯。他喝酒并不撒酒疯，但餐桌上一顿也离不开酒。早晚用餐必要喝上几杯，这已经成了 M 先生的习惯。不巧的是，M 先生家的邻居，就经营着一家酒铺。

有一天，M 先生对女儿说："我今晚要喝上几杯，你要为我准备好五合¹烧酒。"女儿非常懂事，一边答应着一边拿出酒汆子²，到邻居家打了整整五合烧酒。

女儿把酒烫热，将温好的酒摆在了 M 先生的面前。

M 先生满脸笑容，将酒倒在了酒盅里。可是，就在他倒酒的时候——

啊！酒汆子里竟然一滴酒都没有。

"喂！这到底是怎么回事？"

M 先生以为女儿在捉弄自己，便把女儿叫来，大声训斥着她。女儿听到父亲训斥的声音，还来不及道歉便已被吓得脸色苍白。

M 先生感到事情有些蹊跷，觉得有可能是隔壁酒铺故意在恶作剧。可是女儿却说："我亲眼看见酒铺老板往里面倒了酒，那不可能是骗人呀。"

可是，酒汆子里没有酒就是没有酒。

女儿摇了摇头，再次来到邻居家，这一次她往酒汆子里打了满满一升的烧酒后，赶忙回到了家中。她确认了酒汆子里面有酒，又给 M 先生看过后，当着 M 先生的面烫了酒。

1　五合：日本量酒的体积单位，一合相当于一升的十分之一。

2　酒汆子：盛酒的器皿，也用来温酒。

可是，当 M 先生往酒盅里倒酒时，却仍然倒不出一滴酒。

这一回，嗜酒如命的 M 先生气冲冲地发了一通脾气，但毕竟女儿烫酒时自己自始至终都在跟前，这事似乎也怪不得别人。为此，那天晚上 M 先生只好打消了喝酒的念头，没好气儿地早早上床睡了觉。

第二天早上，为了喝上一口醒来的早酒，M 先生便亲自下了厨房。可是——这一次甚至连酒壶和酒氽子都不见了踪影。橱里橱外找了个遍，却没有发现一个能够盛酒的容器。

可是，家里也不像是进来了小偷。哪里有小偷只偷酒壶和酒氽子的？

就在 M 先生茫然地站在那里发呆时，女儿"啊——"地叫了一声，然后说道："这么说……前几天，我做了一个梦，梦见母亲回来了，她对我说，以后不要再让父亲喝酒了。

"'喝酒伤害身体，还会增加经济负担，没有任何好处。你要时常提醒你父亲，劝他不要再喝酒。'我梦见母亲对我这样说。"

啊！ M 先生想了一想。

于是他问女儿："那是什么时候的事情？"

"让我想一想……对啦，我不是跟您说过，要少喝酒吗？就是在那个时候。尽管说那只是个梦，可那话说得的确有道理。但是，您却并没有听从我的劝告。我知道您喜欢喝酒，所以也就没有过分坚持。"

"哎呀，你等等！" M 先生似乎想起了什么。

自己也曾经做过同样的梦。

"说起来，我觉得那最多不过是个梦，没有什么意义，所以之后也就没有把它放在心上……"

女儿说，出现这种奇怪的事情，或许是母亲的在天之灵保佑我们平安。

M 先生说，尽管不可能有那种事，但是每当去世妻子的笑容浮现在眼前时，就自然而然想到不应该喝酒。

就这样，禁酒持续了数日之后，酒壶和酒盅子又都跑了出来。不，说是又都跑了出来，其实本来就一直摆放在那里。

M 先生怀疑这一切都是女儿施展的诡计。但是毫无疑问，过度饮酒的确会给健康带来危害，为此 M 先生决定继续戒酒。

可是，原本就意志薄弱的他，戒酒又并非出于自己的本意，因而立下的誓言不久便被打破。一次，M 先生在出席邻居的聚会时，禁不起三劝两劝又开始喝起了酒。

于是，第二天早上，所有的酒器又一次如青烟一般消失不见。

不仅如此，这一次女儿的态度也发生了奇怪的变化。

当着父亲的面，女儿如同疯了一般说道："我是一只狐狸，受了你老婆鬼魂的委托。你那死去的老婆担心你酗酒，委托我无论如何也要帮助你戒酒。前些日子，我施展妖术对你提出了警告，可你却打破禁令重新开始喝起了酒。为此，我现在附在你女儿的身上，陪伴在你身边，对你进行监督。"

M先生听了以后大为惊慌畏惧，从此下定决心坚决戒酒，发誓永远不再喝酒。

于是女儿立即恢复了原来的样子。

听完Y先生讲的故事后，或许有人断定——那一定是女儿为了让父亲戒酒而设下的计谋。

说起来，或许也可以那样认为。因为，Y先生的女儿完全可以将酒和酒器藏起来，然后设下圈套威胁父亲戒酒。

可是，这其中也有解释不通的地方。

M先生也同样梦见了去世的妻子。如果这一切都是女儿设下的计谋，那么她没办法让父亲做梦呀。

但说起两个人同时做了相同的梦，Y先生笑着说道："所以说，狐狸只不过是一个诡计。而前妻托梦或许是事实。不是说，附在女儿身体上的狐狸受了已故妻子的委托吗？实际上，受委托的并不是狐狸，而是 M 先生的女儿。为了帮助父亲戒酒，女儿故意装成了被狐狸附体的样子。"

★

后来，我（根岸）的伙计也讲述了同样的故事。

只是，按照这位伙计所说，M 先生并不住在神田，而是住在浅草的元鸟越。

M 先生的年龄为五十三岁，住在一个名叫 H 的大杂院里。他的家庭成员也和上一个故事不一样。M 先生有一位四十岁的妻子 S 女士，和一个二十五岁的儿子 I 先生，I 先生还有一位十八岁的新媳妇 G 小姐，总共四口人生活在一起。比起 Y 先生的故事，这位伙计讲述得更加详细、具体。

M 先生现在的妻子 S 女士是 M 先生的继室，前一位妻子 W 女士在十六年前就已经去世。

刚过了年，儿媳 G 小姐突然精神失常了。她满口胡言乱语，情绪高涨，乱发脾气。对 M 先生讲话同样粗暴无礼。

最初，大家还以为 G 小姐只是精神失常，但是听了她发疯时说出的话后，M 先生不由得大吃一惊。

不知道为什么，G 小姐讲话的语气与去世的 W 女士如出一辙。

去世前，W 女士对 M 先生嗜酒成性的毛病很是担心，曾经对他提出过严厉的警告。

可是，十六年前去世的 W 女士的事情，十八岁的 G 小姐又如何知道。家里了解 W 女士的，除了 M 先生以外就只有儿子 I 先生。即使是 I 先生，W 女士去世时他也只有九岁。刚刚嫁到 I 先生家里的 G 小姐，想要模仿 W 女士根本就不可能。

可是，G 小姐讲话的语气越听越像 W 女士。在 M 先生听来，就像是 W 女士在跟他讲话一般。M 先生思索着——难道，真的是灵魂附体？

为此，M 先生索性直截了当地问 G 小姐："你是 W 女士吗？"

听 M 先生这样一问，G 小姐张口说道："我不是 W 女士。鬼魂是不会做这种事情的。人死了以后就什么都不知道了。他们只能依靠像我这样具有神通灵力的狐狸，来向活着的人发出警告。"

G 小姐这般回答，但实际上，谁也不知道她要发出什么警告——听故事的人如是说。

"附在儿媳身体上的狐狸，只是和 W 女士讲话的语气相似，可她并没有一味地要求 M 先生戒酒。而且，也从来没听说过戒酒能够避邪，戒了酒狐狸就能够被驱赶走之类的事。毕竟听到儿媳的胡言乱语后想起 W 女士的，也只有 M 先生一个人，这其中仍然让人感到有些不可思议。所以，即使狐狸真的附体于 G 小姐身上，可这样便说那就是自己的前妻，恐怕也只是 M 先生的一厢情愿。"

"或许，是那只忘乎所以的狐狸在故意迎合着对方。"讲故事的人笑着说。

可是，这样一来，结论和前面的故事就完全相反了。

按照 Y 先生的分析，这一切或许是前妻的亡灵托梦，还有被狐狸附体的女儿设下的计谋。

另一方面，听到后面故事的人却说，即便真的是狐狸附体，可说那就是前妻的亡灵，还是让人感到有些不可思议。

尽管故事发生的地点略有不同，可也还是同一个故事吧。神田和元鸟越相距并非很远，在这么近的距离之间，不可能居住着两个失去妻子又嗜酒的 M 先生。死去的前妻借助狐狸的力量附在女儿身上，这一故事的情节又是惊人地相似。

可即便如此……

"噢，已故妻子惦记着尘世间丈夫的身体健康，这或许也是常有的事情。无论是前妻还是狐狸，看样子她们都是好心人啊。"讲故事的人笑着说道。

如此遗言

　　家住番町的武士Ａ先生，不论家里鼠害闹得多么厉害，也绝不养猫。

　　问他不养猫的理由，他回答说那是家里的规定。问他为什么会有这种规定，他却迟迟不愿说出，似乎有所顾忌，有什么不愿意让世人知道的理由。可这样人们就更想要知道为什么了。禁不住大家的刨根问底，Ａ先生终于不情不愿地讲述了起来。

　　"实话说，我祖父那一代，家里曾经养过猫。那时候，觉得猫很可爱，大家曾经在一起和平相处了很长时间……"

　　那是某个冬季的一天。

　　Ａ先生的祖父和猫一起坐在屋檐下，悠然自得地晒着太阳。

就在这时，两三只麻雀飞了过来，轻轻地落在了屋檐下的长廊上。

猫敏锐地察觉到了这一变化。它摇了摇尾巴，摆出了姿势，瞄准麻雀猛地跳了过去。转眼间，麻雀飞得无影无踪。

这时，只听得一声猫叫："遗憾啊……"

不知道为什么，那声音听起来感觉就像是小孩儿的说话声。而且，又显得很惋惜的样子。

"或许那只是出于偶然——通常情况下人们都会这样认为。如果是胆小鬼，一定会吓得浑身发抖，或许还会立刻躲开。但是，多数人都会认为是自己的耳朵听错了。嗯，人们通常会觉得那只是一种幻觉，并不会很在意。可是，祖父却没有把它当成耳旁风。毫无疑问，祖父也以为是自己听错了。只是，祖父是一个无所畏惧的人，他受了惊吓，便打算来个恶作剧，报复一下那只猫……"

A 先生的祖父迅速地抓住了那只猫。

然后，从火钵[1]里取出了一根火筷子，拿在手中挥舞着。

"岂有此理！你这家伙，身为一个畜生，却说起了人

1　火钵：即火盆，里面装上炭火，用来取暖或者煮饭。

话，难道你是个妖怪吗?"

祖父大声喊叫着，气势汹汹的样子，恨不得立刻就要把猫杀掉。

"其实祖父并没有真的生气。他也只是觉得那声音很像人的说话声。否则的话，就是他幻听了。说起来，刚才听那只猫的叫声的确很像人在讲话。祖父觉得很有意思，为此他故意假装发怒，实际上是在逗着那只猫玩儿——仅此而已。"

然而，虽然是故意表演，但是在小动物的眼里，祖父的动作却是相当恐怖的——A 先生如是说。

"不管怎么说，祖父的手里拿着根火筷子。这在猫看来，那家伙似乎真的要把自己杀掉——或许猫也会这样想吧。突然被人扼住了脖子，不禁吓得缩成一团，这猫大概也感受到了生命危险。"

冷不防被人捉住，火筷子杵在脑门儿上，猫被吓得毛发倒立，浑身直打哆嗦。

它抬起眼睛，用仇视的目光瞪着 A 先生的祖父。

"我从来没有说过那种话!"猫极力替自己辩解着。

这次，猫清清楚楚地说出了人话。

"这回，祖父是真的吃了一惊——是啊，任谁听到这里都会大吃一惊的。一时间，祖父愣住了神。或许也是因为疏忽大意，他按住猫的手变得有些松懈。趁着这工夫，猫从祖父的手里溜出，纵身一跃，顺势翻过围墙，逃之夭夭了。"

那只猫就此离开了家，从此去向不明。

"从那以后，我们家规定不准养猫。"Ａ先生说道。

"咳，说是规定，其实就是祖父的遗言。把这次事件作为教训，告诫子孙们再也不要养猫——这就是祖父的遗言。我说的世世代代不养猫的规定，其实就是这个意思。"

Ａ先生苦笑了一下，"以上这些话，不论你相信还是不相信，它都的确是祖父的遗言。"

"看来那次祖父是真的害怕了。"Ａ先生最后补充道。

看见了

　　H 先生是家住小日向的旗本武士。

　　H 先生有两件担心的事情。

　　一件担心的事情是他的母亲。H 先生的母亲最近开始显现出老年性失智症的症状，早晚离不开人的视线。平时健忘得很严重，可完全不存在的幻想却是有鼻子有眼儿地唠叨起来没完。并且，时常一个人在大街上徘徊。

　　另一件担心的事情，是 H 先生的次子。某一天，次子突然销声匿迹，就此去向不明。临走时也没有留下任何线索，与其说是离家出走，不如说是人间蒸发了。

　　过了数日后次子仍不见音信，家里人想方设法四处寻找却依旧行迹杳然。追寻踪迹却没有任何线索，甚至得不到半点儿消息。H 先生漫无目的地到处搜寻了一阵子，事情也没有丝毫进展，不久便索性放弃了搜索。H 先生本人并没有打算放弃，但现在似乎也没有再继续寻找。

对次子的失踪最为痛心的，莫过于抚养次子长大的祖母——H 先生的母亲。

H 先生甚至觉得，或许正是孙子的失踪引发了母亲的失智症。

总之，这两件事情都让 H 先生感到忧心忡忡。

突然有一天，母亲说自己见到了孙子。

在本乡 K 牙具商店门前，我突然见到了孙子——老母亲高兴地这般说道。

还说得有鼻子有眼儿的。

老人出了家门在大街上随便闲逛时，突然遇上了孙子——似乎事情的经过就是这样的。

尽管母亲已经开始失智，但遇到这种事情却不能对她的话置之不理。H 先生也打心眼儿里惦记着次子的消息，于是便详细地询问了起来。

"那实在是让我感到惊讶。"母亲说。

"父母急得火冒三丈，可你却去了什么地方？"母亲当面向孙子追问道。

于是，次子低下了头，"实在抱歉，我让父母操心，给家人添了麻烦。只是，我现在一个人生活得非常充实。

所以，希望家人不要再为我操心了。"次子这样说道。

H先生听到这里就已经开始感觉到奇怪。

这话似乎有点儿不对头。如果次子就在附近的话，那么家里人不可能找不到他。

如果次子故意躲藏起来不愿意让人发现，那么他在见到祖母的那一瞬间，一定会跑得远远的躲藏起来。

相反，次子却大大方方地走在街上，见到家人后也满不在乎，还不慌不忙地和家里人说话，这真是让人难以理解。

H先生一面惦记着母亲的身体情况，一面想来想去，最后婉转地向母亲问道："如果那孩子就在附近，那么，他为什么不回家来和我们见个面呢？"

母亲回答道："我也是这么想的，当时我很想把他带回家来。"

但是，次子却拒绝和祖母一起回家。

据母亲说，当时次子这样说道："我不是不想回家，也不是不想和父母大人以及家里人见上一面。可我觉得，这样做无论对我还是对大家都不是一件好事情。正是因为如此，我才离开了家一个人生活。希望家人能够把我忘记，就此告别了。"

H先生听了以后，更加觉得奇怪了。

从母亲的话里揣摩不出半点儿有关次子的消息。他对于次子失踪的经过，以及不愿意回家的原因，仍旧一无所知。

这样说，还是无法让人理解。

或许，那只是老母亲盼着见孙子心切，以至胡思乱想说出来的一些话——H 先生心里暗自思忖着。

或许从 H 先生那疑惑的目光当中察觉到了什么，母亲用埋怨的语气说道："当时，我也感觉有些奇怪。"

次子待要离开，老母亲却拽住了次子的袖子，执意要他留下。

接着母亲一再对次子说："不要离开，跟奶奶一起回家！"于是，次子回答道："如果您这么想我，那么，过几天您就去浅草的念佛堂吧！我们可以在那里再见上一面。"

按照老母亲的话，次子甚至还指定了见面的日期。

"我所言句句属实。"年迈的母亲极力地证明着。

"这话根本不可信。"H 先生说道。

母亲的话表面上让人感觉天衣无缝，可哪有那么巧合的事情？

"如果相信了母亲说的话，那么次子现在依然很健康，既没有被监禁，也没有离开很远——事情似乎就是这样。如果能够自由地和外人会面，当然也就可以回家，还可以去任何地方。但是次子就在附近却又不回家，这又不能不让人觉得蹊跷。次子现在究竟是怎样一种状态？如果环境允许，就应当尽快回到家中，和家人讲清楚原因才是。"H先生说道。

这话听起来似乎理所当然。

比如说，如果次子本人觉得没有脸面去见H先生，那么尽可以私下见一见祖母——这似乎也能够让人理解。

"但是，如果是那样的话，就应当瞒着我啊。"H先生继续说道。

的确，通常情况下，会嘱咐对方不要说出去。

如果是眷念骨肉亲情，不得已才和祖母见面的话，那么一定会嘱咐祖母，绝对不要说出去。如果不是秘密约会，那就完全失去了意义。噢，通常情况下，就算是不期而遇，也会叮嘱对方一定要保守秘密的。

H先生从母亲那里得知，母亲要和次子见面。这样的话，H先生完全可以来到见面地点，不容分说地把次子拽回家中。

可是，次子却对此丝毫也没有警觉。按照H先生的说法，次子绝对不可能愚蠢到这种地步。无疑，如果次子真的不想见到H先生，那么就一定会嘱咐祖母不要告诉父亲。如果祖母不答应，那么次子特地改日在浅草与祖母秘密会面，便完全失去了意义。

可是，听母亲的口气，次子完全没有刻意要求祖母为自己保守秘密。事实上，老母亲只是一味地为孙子的平安而兴奋不已，急切盼望着见面的那一天早日到来。

因此，H先生、家里人，甚至大家都一致认为，这一切都是母亲头脑产生的主观臆想。

只是，即使那是母亲的幻觉，肯定也是她担心孙子的安危，体现了母亲的一片慈爱之心，老人本身是无罪的。为此，H先生决定不再继续责问母亲。如果母亲的话与事实不符，那么迟早会发现前后矛盾之处。即使一时指出了母亲幻觉的错误，也没有任何实际意义。纵然据理力争，证明了母亲的谎言，也无益于问题的解决。

母亲对自己确信无疑，不，她希望事情就如自己所想象那般。因此，如果对她追问得太紧，她就会故意把话说得更加完美，甚至真的编织出一些谎言。那样的话，反倒过于苛刻了。

暂时承认母亲的话，让事情圆满地过去，似乎也并不妨碍大局。H先生和家人商量，为了让母亲安心，今后不再提起这件事情。

即使如此，H先生仍然与本乡的K商店取得联系，对情况进行了确认。

可是，却并没有得到任何结果。

不久，便到了次子指定的见面日期。

母亲死缠着，无论如何也要去浅草和孙子见面。

不管 H 先生如何解释，也无法让母亲改变想法。事到如今，又不能说母亲是在胡思乱想。无奈，H 先生找了一个听差，让他把母亲送到了浅草观音寺内的念佛堂。

不到半天的时间，母亲放心地回到了家中。

据说，母亲和次子谈了许久。

那么，都谈了些什么内容呢？问到这里，母亲却是含含糊糊根本说不清楚。

当然了，见面时一定会问问次子为什么要离家出走，现在住在哪里，都做些什么事情之类的问题。可是，这些具体信息从母亲嘴里却完全得不到答复。似乎也看不出是被封住了嘴。所以，仍然只能认为母亲是老年失智症发作了。

最终，所有事情都是含混不清的。无论怎么问，无论问到什么问题，母亲的回答都是不能确定。只是反复重复着嘴里的话，很高兴又见到了孙子，非常愿意听孙子讲话之类的。

"这样一来，只好认为母亲所说的话，无一不是出自脑子里的胡思乱想。"H 先生说道。

母亲并不是在说谎，也不像是在故意掩盖真相。和孙子见过面这件事情，在母亲的头脑当中是不折不扣的事实。

H 先生这次同样对母亲表示谅解。

正因为如此，H 先生什么也没有问，只是一味地迎合着母亲，听她讲话。

据老母亲说，临分手时次子说道："我并没有感觉到苦恼，我感到非常幸福，请你们不要担心，不要再寻找我了。"

说完，次子便转身离去。

老母亲最后还说，那个孩子看上去很幸福，所以也就没有必要再替他操心了。

H 先生回答道："我明白了。"

除此之外，H 先生无话可说了。只是，H 先生待要结束谈话时，老母亲却突然想起了什么似的，接着补充道："当时，有两个年迈的、僧形[1] 打扮的人和孙子在一起。会面结束后，念佛堂里的老僧们，以及孙子三人向我鞠了个躬，随后三个人便夹杂在众人间，消失在弥漫的烟雾之中。"

这又是怎样的一种景象？H 先生思索着。

因为是幻觉，所以什么情况都可能出现。

---

1 僧形：剃着光头，满身僧侣打扮。

可即使如此，最后增加了这么一个奇妙的插曲，又有什么用途呢？

"后来，我想着那会不会是天狗？"母亲望着远方喃喃自语道。

原来如此。

年老体弱的母亲心里想着，难道孙子是被天狗召唤去了吗？

至此，母亲心里终于有了结论，H先生不由得点了点头。

即使是天狗也无妨。只要老母亲能够解释清楚，只要能够得到大家的理解。

与其说猝死在道边上，或者遇上横祸，致使身心陷入恐惧之中，似乎和天狗在一起幸福地生活——如果相信是这样的话——会更加让人感到欣慰。或许，这也不失为一个圆满的结局，H先生自言自语道。

只是，H先生又继续说道："问题是，那个一起去的听差的……"

听差的绷着脸，一副煞有介事的样子。

"我也看见了。"听差的说道。

那么，听差的究竟看见了什么呢？ H先生歪着头苦苦思索着。

老实人

那是账房的 S 先生因外出普请[1]，赶赴美浓[2]时的事情。

旅途中，S 先生随身带着一个听差的仆人，以便在自己身边照料。这位仆人平日谨言慎行，工作勤勤恳恳，很是吃苦耐劳。

因为他办事认真，老实忠厚，所以 S 先生视其为珍宝，时常委以重任。最让 S 先生满意的，便是他那正直的品性。

某天晚上，忙碌了一天的 S 先生，回到旅馆后便倒在了床上。就在他迷迷糊糊快要睡着的时候，听差的仆人走

1　普请：普请大众，上下合力，称为普请。建造道路、桥梁、寺庙等亦称为普请。

2　美浓：位于现在的岐阜县南部。

了进来。

S 先生对那个男仆人非常信任，他没有起身，也没有提防。他躺在床上问那个仆人："出了什么事情？"

S 先生显得十分困倦。

仆人恭恭敬敬地走到他的床前，说道："有件事情想跟您商量。"

深更半夜的，S 先生感到事情非同小可，却又昏昏沉沉地只想睡觉。他睡眼蒙眬地对仆人吩咐道："有什么话你就说吧！"

于是，只听得仆人说道："我本不属于人类。"

"后来想起来，我当时只是随口说了一句'你可是在开玩笑？'"S 先生这样说道，"当时，我似乎已经陷入梦境之中，并没有意识到事情的严重性。"

仆人绷着脸，一本正经的样子，然后继续说道："您对我恩重如山，我却一直对您隐瞒着身份，为此我感到很内疚，在此深表歉意。实际上，我并不是人类，我本是魍魉[1]。"

"你突然这么说，让我感到非常为难。"S 先生笑着说道。

---

1 魍魉：传说中的一种鬼怪。

只是，因为正睡得迷迷糊糊的，S 先生也就没顾得上考虑太多。

那个仆人的态度始终恭敬有加，说话的语气也非常认真。S 先生似乎对他那些"不是人类""本是魍魉"等超乎常理的字眼置若罔闻，只是张口问道："到底出了什么事情？"

于是，那男仆正了正衣襟，深深地低下头说道："此次由于不得已的原因，我不得不辞去工作。事情紧迫，为此特地前来告辞……"

S 先生一时间感到不知所措。

S 先生倒不是对仆人那奇妙的话语感到困惑。而是他这个时候辞去，让 S 先生十分为难。旅行途中失去了得力的助手，一定会给自己带来诸多不便。

为此，S 先生问道："你做事一向非常认真，我从心里对你表示感谢。现在你说由于不得已的原因，不得不辞去工作……如果无妨，能不能告诉我那是什么原因？"

于是，那个男仆回答道："我们这些魍魉，有一个不可推卸的义务。我们需要按照顺序轮流履行这一义务，明天恰好轮到我。"

S 先生问他那是什么义务，那仆人回答道："领取尸骸的义务。"

据说，距 S 先生下榻的旅馆一里路远的地方，有一户农家死了人，魍魉必须将尸骸领回——那男仆这般解释道。

"接下来的事情我就记不清了。" S 先生说。

接着，S 先生开始进入睡眠。

说完后，那男仆突然消失得无影无踪——S 先生似乎已经有所感觉。说起来，这一切都好像是个梦，所以 S 先生并没有觉得特别奇怪。

第二天早晨，待 S 先生醒来后，他知道自己做了个怪梦，而且没有任何依据，觉得这真是很无聊。

可是，身边却不见了仆人，问旅馆老板也说不知道。

似乎昨夜发生的事情并非是梦。

仆人果真已经离开，天明之前便不知了去向，这些都已经成为现实。

可是，如果这些是事实……

那个男仆丝毫也不隐讳地说自己是魍魉，这到底又是怎么回事呢？ S 先生百思不得其解。

看来，这其中必有难以启齿的理由。

那男仆一向忠诚，凡事在主人面前从不隐瞒。老实人说谎话立刻就会暴露。正因为无论如何也不会令主人相信，所以才找出了这么荒诞无稽的理由，这样做或许正是那个男仆忠义的表现——S 先生这样分析。放弃薪水，销声匿迹，看来真是到了山穷水尽的地步。S 先生决定不去寻找那个男仆了。

之后不久，S 先生听说，就在那男仆消失的当天，一里路以外的一户农家正举行葬礼。

葬礼的场面在那一带引起了极大的轰动。

据说，当送葬队伍走到田间小路时，天空突然间乌云密布。

"实际上，根本就不存在什么难以启齿的理由，"S 先生愁眉苦脸地说道，"他到底是个老实人。"

待乌云消散以后，棺材里的尸骸果然被什么人挟持而去。

"如此看来，那个家伙依旧是个努力工作的老实人啊。"S 先生又补充道。

谁起的名字

A 先生家的仆人当中，有一个姓 K 的人。

这位姓 K 的先生有一个儿子。

K 先生的儿子是一个非常聪明的孩子。

说他聪明，当然是有理由的。

K 先生的儿子很小便夭折了。

听说去世时才七八岁。

K 先生总是以儿子为自豪，盼望着儿子赶快长大成人。儿子的去世，令 K 先生悲痛不已。

然而，K 先生的痛苦，却在葬礼上烟消云散。

"既不是悲伤得到了缓解，也不是悲伤不复存在，更不是 K 先生看破了红尘。时至今日，他仍然怀念着死去的儿子。只要想起儿子，他依旧会感到心痛。儿子的死，是他终生的遗憾。从这个意义上来说，K 先生仍然沉浸在悲痛之中。可是在葬礼上……"

K 先生大吃一惊。

"那实在让人感到惊讶。"K 先生说道。

K 先生的儿子，从小便喜欢看书识字。他五岁开始习字，六岁的时候就已经记住了很多汉字。

K 先生的儿子写得一手好字，家里的人都很佩服，有时儿子还会让大人们感到很吃惊。

一天，K 先生的儿子在几张草纸上写下了两个大字，拿过来给 K 先生看。

只见上面写着"即休"二字。

字写得很工整，K 先生看了以后非常高兴。他把大家叫来，将儿子写的字拿给大家看。大家看了以后也都赞不绝口，直夸孩子的字写得好。

可是，谁也不知道那是什么意思。

于是，K 先生问儿子："纸上写的字到底是什么意思啊？"

儿子看了看大家，回答道："这是我的法名。"

所谓法名，是人死了以后为他起的名字，也叫戒名。就是说，儿子自己给自己起了个戒名。

这多不吉利啊！家里的人感到非常为难。

"哎呀，终归还是个孩子，也不可能打算要出家，或许他根本就不知道法名是人死了以后才起的名字。那不外乎是出于孩子的天真好奇，觉得这样做挺有意思。可对于父母来说，自然会感到担心。我和妻子都感到很不吉利，催促着孩子不要再写了。"

可是，儿子却听不进 K 先生的话，直到弄懂意思之前，他不停地写着"即休"两个字。

一直写到弄懂为止。可没过多久，儿子就离开了人世。

"啊，太可怕了！老婆说，都是我纵容他写什么法名，才落得这样的后果。她对我大发雷霆。唉，老婆冲我发火，拿我撒气，这种心情我可以理解。有时候我也想发脾气。但是，只是因为写了几个字，就招致身亡，似乎实在不合情理。依我看，这件事情应当是相反的。"

K 先生认为——那孩子好像是预测到了自己的死期。因此，他才开始书写什么法名。

"可是，我这样想，那也只是一瞬间的事情。按照常理，这种事情是不可能的。一个孩子，预知了自己的死期，从而事先为自己起了法名，这种事情怎么可能发生？而且，儿子从来也没有提起过自己会死，他只是喜欢写字罢了。说起来，一个小孩子说的话却令我们信以为真，这反倒是个问题……"

说着，K 先生用手擦了擦眼睛里的泪水。

"咳，老实说，那时候根本顾不上想那么多了。宝贝儿子突然一命呜呼，我和老婆哭得死去活来，哪还有那么多道理可讲？"

可是，K 先生也不能整天只是哭个没完。毕竟再怎么哭喊，人死了也不可能复活。K 先生忍住了眼泪，不得不开始为儿子准备葬礼。向菩提寺通告儿子夭折的消息之后不久，为了做好出殡的准备工作，从庙里来了几个和尚。

"可是……真的让我大吃一惊。"K 先生说道。

菩提寺和尚带来的信封上面，清楚地写着"即休"两个大字。这是菩提寺的住持为儿子起的法名。

K 先生急忙赶到庙里，挨个问庙里的和尚，究竟是听谁说的这个法名？是否是从他老婆的嘴里听到的？

可是，庙里的和尚们却异口同声地回答道："那是住持在收到讣告后，就在刚才为死者起的法名。"

"果然是儿子自己起的名字。"K 先生哀叹道。

谁做的江米团

作为侍童领班的 U 先生家中住着许多女仆。

一次，一位供职多年负责内务的 A 小姐身体出现了不适。

她想尽了一切办法治疗，效果却不佳，病情一直得不到好转。最后，由于身体实在吃不消，A 小姐便去找 U 先生，请求辞去工作。

如果这一次不彻底治好病，可能会威胁到生命。为此，U 先生决定批准 A 小姐无限期休假，以治疗疾病。U 先生告诉 A 小姐，已经为她安排好，待疾病痊愈后仍旧可以恢复原职，嘱咐她要安心养病。

过了一段时间之后，A 小姐突然来到了 U 先生的母亲隐居的房间。

A 小姐深深地鞠了一躬，说道："托您的福，我的病已经养好了。感谢长期以来您给予的厚爱。"

　　U 先生的母亲平时就对 A 小姐十分疼爱，听说她养好了病，真是打心眼儿里感到高兴。可是，A 小姐看上去却依旧是大病初愈的样子。

　　于是，U 先生的母亲说道："你的脸色仍旧很不好，我看你最好还是再休息一段时间。病刚好，更要多加注意。等病好了再来工作，我们不是已经说好了吗？"

　　A 小姐听了以后笑着说："我已经可以工作了。"

　　说着，A 小姐解开了随身携带的包裹，从里面取出了一个摞在一起的套盒[1]。

　　"为了感谢大家对我的关照，我特地带来了礼物。也不知道合不合大家的口味……"

　　U 先生的母亲打开套盒，看到里面装满了雪白雪白的江米团。

　　"好香的江米团啊！"

　　听 U 先生的母亲这样一说，A 小姐非常高兴地说道："这是我自己做的。"

　　的确，像是刚刚出锅的。既然能够做出这么漂亮的江

　1　套盒：盛食品用的多层方木盒，多为漆器。

米团，那么 A 小姐就一定是痊愈了。看来她可以工作了，U 先生的母亲心里琢磨着。

更重要的是，A 小姐本人充满了信心，劲头十足，实在让人不忍心拒绝。

经过再三考虑之后，U 先生的母亲说道："明白了，我现在就同意你来工作。只是，干起活来不要太勉强自己。"

A 小姐听了以后非常高兴，一个劲儿地道着谢。随后说了句"我要赶快去和大家打个招呼"，之后便转身向正房跑去。

望着那活泼的背影，U 先生的母亲却仍然担心着 A 小姐的健康状况。过了一会儿，U 先生的母亲来到了 A 小姐工作的厨房。

U 先生的母亲找到了厨房的负责人。

"刚才 A 小姐已经来过了吧？我想，你一定也听她本人说了，从今天起她开始恢复工作。只是，尽管她的病已经痊愈，却仍然让人感到担心，你们大家一定要多照顾她。"U 先生的母亲请求道。

可是，仆人们却都摇了摇头说："没有看到 A 小姐来啊！"那她一定是到别的地方打招呼去了。可是，到处都找遍了，却仍然没有见到 A 小姐的身影。问谁都说没有见到，院子周围也没有找到她。

人们感到很奇怪，便派了个使者到 A 小姐的家中。或许，A 小姐看上去精神饱满，实际上却是勉强支撑精神，结果突然感到身体不适，便一个人回了家。

　　如果她一个人倒在路上，那可就后悔莫及了。

　　而且……U 先生的母亲多少有一种不祥的预感，于是她打开 A 小姐送来的礼品套盒，再次确认了一遍里面的东西。

　　套盒还在，打开套盒，里面的江米团也还在。

　　刚刚出锅的，漂亮的江米团子，看上去美味可口。

　　不久，使者回来了。

　　A 小姐她死了。

　　不祥的预感竟然真的得到了印证，U 先生的母亲感到十分震惊，且悲痛不已。可是，使者又继续说道："A 小姐是在两三天前去世的。由于事发突然，她的家人便故意将发布讣告的时间推迟了几天……"

　　那么，这个江米团是怎么回事？

　　至于母亲是否吃了江米团，U 先生就不得而知了。

想要干什么

谁也不晓得那是多久以前的事情了，在改代町（现在的东京都新宿附近）住着一位工人 B 先生。这位 B 先生天生手脚勤快，煮饭烧菜都要亲自去做。

一天，B 先生买了一个旧炉灶。

炉灶看上去完好无损，B 先生立刻把它架在土房里，点火烧起了热水。

第二天晚上，B 先生感觉有些奇怪，转过头看了看灶台。

这时，灶坑里突然伸出了一只手。

当然，B 先生觉得那只是自己的错觉。可是，灶坑里确实伸出了一个什么东西。

B 先生来到土房，弯下身子，无意中看到了一个浑身乌黑的和尚，正从灶坑的下面伸出来一只手。

　　B 先生先是吃了一惊，可他并没有害怕，只是脑子里一时有些错乱。他把炉灶的事放在一旁，自己回去睡觉了。

　　第二天早上，B 先生来到土房看时，炉灶却并无异常。灶坑里，要说钻进一个人，或许也真的能够容下。灶台旁边放着一个筐子，里面装满了柴火，不可能进去人——如此这般，B 先生一个人胡思乱想着，不由得笑出了声，随后便离开家出去做工了。

　　工作结束后，B 先生回到了家里，做好晚饭后正吃着饭。就在这时，灶坑里再次伸出了一只手。

　　B 先生看了看炉灶，里面的确有一个浑身脏兮兮的和尚。奇怪，刚才灶膛里不是还点着火吗？可是尽管很奇怪，里面的确有一个人。那和尚一动不动，只是向外面伸着一只手。因为是第二次见到了，B 先生也没有感到很惊讶。可他还是不知道如何是好，不用说，他也没有勇气上前搭话。那天，B 先生同样又把炉灶的事情放在一旁，回去睡觉了。

　　早上起来，B 先生脑子里想着：看起来不会有什么大事情，可是却让人感到心里不踏实。

　　于是，他来到了卖炉灶的旧货商店。

　　"那个炉灶似乎有些奇怪。我不打算要它了，能不能帮我换一个?"B先生问道。

店里的老板显得有些不高兴。那个炉灶做工很结实,价格又便宜。尽管是二手旧货,但却既不那么肮脏又没有出现破损。

B先生并没有说明原因,只是一味地说自己不打算要了。B先生总觉得,这事情太过离奇,说出来也不会被人相信的。

而且,B先生开始觉得,或许那只是自己的幻觉。冷静下来想想,根本就不可能有那种事情。

话虽这么说,可终归心里感觉不踏实。

"既然你这么说,那也只好退货还钱了。"旧货商店的老板说道。B先生一再请求,能不能给换一个炉灶,却没有价钱合适的。

的确,其他炉灶价格都很贵。可是,如果过分地讨价还价,便会引起店老板不必要的猜疑。为此,B先生也顾不上冷却期[1]了,他决定再添几个钱,另行挑选一个炉灶,然后将原来的炉灶退还了。

那之后,没有发生任何事情。

---

1 冷却期:为保护消费者利益,在分期付款等销售中,允许消费者在一定期间内解除合同的一种制度。

又过了几天。

B 先生听和自己一起工作的伙伴 C 先生说，他也买了一个炉灶。该不会是……B 先生放心不下，自然多问了几句。原来，C 先生似乎也在 B 先生换货的那个旧货商店里买了一个旧炉灶。

C 先生说他在旧货商店发现了一件好东西。

过了两三天，B 先生到 C 先生的家里做客。

B 先生觉得——搞不好 C 先生买的那个炉灶，就是自己退掉的那一个。

果不其然，C 先生一脸困惑的样子，似乎有什么为难的事情。

B 先生问他："出了什么事情？"

"说了也许你会笑话，这里每天晚上都会出现古怪的事情，我觉得非常奇怪。"C 先生一副愁眉苦脸的样子回答道。

据 C 先生说，每天晚上都会从灶坑里伸出个东西来。因为觉得可怕，所以 C 先生并没有确认那是什么东西。

果然不错！ B 先生拍了一下大腿，开始讲述起自己的经历。

"也许，你和我买的是同一个炉灶，在我那里也出现过同样的事情。我因为害怕，就请商店老板帮忙换了一个。

看来，你也要去换一个了。”

“这个嘛……实在是让人感到为难啊。”

听了 B 先生的忠告，第二天，C 先生也拿着炉灶来到了旧货商店，同样追加了一些钱，请店老板帮忙换了一个炉灶。

可是，B 先生却无论如何也放心不下。他装作一无所知的样子来到旧货商店，假装闲聊，观察起店员的神色。

待和店员聊了一阵后，B 先生开始问道：“我说……那个炉灶现在怎么样了？它做工结实，价格又便宜，很快就会有人买走的吧？”

“不，卖是可以卖掉，但客人立刻就会回来退货。也不知道客人们究竟不满意什么……”

店里的人摇了摇头，感到有些莫名其妙。只听 B 先生说了句“我来告诉你们”，接着便详细地讲述了事情的经过。

旧货商店的老板听了以后十分恼火，“哪里有这种事情？完全是胡说八道！我说这位客人，你是不是故意找我麻烦？”

“你说我是在骗你吗？请你不要生气，用一用就知道了。请你尝试着用一用看！”

B 先生说完便结束了谈话，径直回到了家中。

过了些日子，旧货商店的老板来到了 B 先生的家里。他表情奇妙地从怀里取出五两银子，摆在了 B 先生的面前。

B 先生忙问这是怎么一回事。

对方突然拿出钱，这让 B 先生感到为难。

"噢，请你不要着急，听我慢慢说。那天，我态度有些不好，实在对不起，我向你道歉。"旧货商店的老板说道。

"当初，我还以为你是在故意找我麻烦。可您也是追加了钱，换了另一个炉灶的啊！这种事情接连发生两次，的确让人感到很奇怪。我也觉得，这其中必有原因。于是，我把炉灶摆在厨房里，用它烧水泡茶。可是，就在那天的夜里……的确有个什么东西伸出了一只手。不仅如此，他还慢慢地从炉灶里爬了出来。"

"那是什么东西？"

"那是一个浑身上下脏兮兮的和尚。一个和尚竟然从炉灶里爬了出来，这让我心里感到十分不安。"

第二天早上，旧货商店的老板便把那个炉灶砸得粉碎。然后，从灶坑里掉出了五两银子。

"或许，那是道心者[1]心存善念，在圆寂之前将积蓄藏在了灶坑里。"旧货商店的老板这样解释说。

1　道心者：道心，指仁、义、礼、智、善之心。道心者是指有道心的人。

B 先生没有回答，心里却觉得并非如此。

B 先生不认为那是和尚的善意，希望有人前来发现，或者希望把它送给素不相识的人。但 B 先生也不觉得，和尚丢下这些银子会感觉到遗憾。

"我们不知道那是否就是幽灵，我们也不知道他伸出手爬到外面来，究竟想要干什么。我们只觉得他浑身肮脏，看着让人很不舒服。" B 先生这样说道。

去了哪里

　　那是宽政七年（公元 1795 年）冬天的事情。

　　O 先生家的女仆当中，有一位十分美丽的女子。她姿色端丽，大家都很喜欢她。可是有一天，那个女子却突然消失了，到处找都不见她的身影。

　　有人说，她容貌美丽，或许被哪个暗恋她的男人拐走了。

　　但是，如果是镇上的其他人家倒还有这个可能，可 O 先生家的宅院是一座坚固的武士宅院，不可能有人轻易侵入进来拐走一个女子。此外，与一般平民的家宅不同，O 先生是俸禄十万石[1]的名门，他家的宅院四周修着高墙壁

　　1　十万石：石，重量单位，用来计量武士的月俸禄，十万石以上为大名。

垒，外人根本无法侵入。若想把人拐走，那就只能等待本人外出时分下手了，可当天那个女人并没有外出。

难不成是人间蒸发了吗？

无论如何，一个活着的人，刹那间化作一缕青烟，消失在半空当中，那是绝对不可能的事情。或许是她本人随自己的意愿，主动避开了人们的视线？如果并无外人侵入，本人悄悄地躲藏起来不让他人找到，则是完全有可能的。

只是通常情况下，这样做没有任何意义。

更有人猜测，她也许是和什么人一见钟情，秘密私通，然后奔走他乡了。

与那女人的家人取得联系，询问情况，却也是毫无线索。

总之，人们找不到可靠的证据，那个女人完全下落不明了。

就这样，过去了整整二十天的时间。

一天，与那失踪的女人住在同一个长局的另一位女仆起身去卫生间。所谓"长局"，是指同一个屋檐下被分割成许多房间的建筑，就像房间连成一排的筒子房，这里便是女仆们居住的地方。

就在那个女仆洗手的时候，猛地从一旁伸过来一只小白手。

细皮嫩肉的小白手里拿着一只贝壳。看上去，对方是想要用贝壳来取水。

女仆惊叫了一声，吓得昏了过去。

听到惊叫声，同屋的女仆和家人纷纷跑了出来。这时，一个奇怪的东西正准备躲进地板下方。大家顿时如临大敌，一拥而上，把那家伙按倒在地上。

原来，这正是那个下落不明的女人。

大家感到迷惑不解，赶忙将这女人领进房间，端出了热水，待坐稳之后，开始询问起情况来。

可是无论怎么问，那个女人都只字不说，拒绝回答。

在大家的一再追问下，那个女人才勉强开了口，回答道："我……有了良缘，已经结婚了，现在是有夫之妇。"

看上去她似乎嫁到了一户好人家。

可是，问她那户人家在什么地方，是怎样一个家庭，她却不愿意说出。

再继续追问下去，她也只是勉强回答一通，完全不着边际，让人越听越糊涂。地址、姓名含混不清，一切都让人不得要领。她语无伦次，似乎想要蒙混过关。

大家耐心引导，认真启发，劝她好好回答问题。于是，那个女人和大家说："既然你们这么想知道，我可以带你们到我家里去看一看。"

只见她站起了身，一边说着"请跟我来"，一边弯下腰，钻到了地板下方。

无奈，其他两三个人只得紧跟在后面也钻了进去。那个女人趴在地上，顺着地板下方不断地向前爬行。

"这就是我的家。"那个女人介绍说。

里面铺着坐垫和草席。那个女人拿出一些旧茶碗，摆在了草席上。

"是不是很好啊？"那个女人问道。

紧跟在后面的人一个个都惊呆了，嘴里说不出话来。

"你说这是你的家……那么，你的丈夫到底是谁呢？"

关于这个问题，刚才那个女人不是已经说过了吗？他是一位了不起的人物，但要问他姓甚名谁，却是说不清楚。即使她认真回答，大家也不知道究竟说了些什么内容。

神经不正常。看起来她是在说疯话。几个人连哄带骗，把那个女人拽了出来。

只要还活着，就是不幸中的万幸。

可虽说如此，还是不能够像从前那样继续雇用她了。失踪者在家中被发现，且本人已经精神失常——在将结果如实地向镇政府呈报之后，O先生与那女人的娘家取得了联系，通知家人将其领回，并就此辞退了她。

那个女人的父母听说女儿平安无事，且不论状态如何，真是喜出望外。精神疾病总可以治愈，他们喂女儿吃了药，精心护理她。然而父母的一片苦心却没有得到回报，女儿不久便病故身亡。

"或许是被狐狸的花言巧语蒙蔽了。" O 先生说着，却又皱起了眉头。

"即使如此，在失踪的那二十天时间里，那个女人真的一直睡在地板下面吗?"

O 先生百思不得其解。

虽然地板下面铺着草席坐垫，但是别说残汤剩饭了，连一丝人生活过的痕迹都没有。

一点儿不差

C 先生和笔者（根岸）关系很亲密，是个身份极高的武士。

一天，几个人凑在一起，谈论起有关超自然现象方面的话题。

这几个人都是在社会上具有一定影响力的人物，所以即使是闲话，大家也都显得非常谨慎。总之，多数人对于这一类问题还是持怀疑的态度。

C 先生则是一位彻底的否定派。

但也有人提出，且不说幽灵与怪兽，世界上尚有可能存在不为人类所知的鸟兽。结果大家一致认为，似乎这种说法也有道理。

即所谓的未确认生物体（UMA）。

"河童怎样？"有人问道。

河童是生物？还是怪物？

出现在民间故事、漫画或者小说当中的河童，无论怎么看都不像是一般的动物。它能够通达人意，具有大力神通，明显是个幻想出来的产物。只是，有关河童的传说，除了上述文艺作品之外，还经常听到有人说曾经亲眼见到过，或者亲身遭遇过。为此，有一种意见认为——或许也存在着与河童相似的动物。就是说，故事当中出现的河童，与人类目击到的 UMA 完全是两种不同的物种。但是即使如此，也有人说那或许只是人们把乌龟或者水獭错当成了河童。毫无疑问，尽管世界上可能存在着某种未知的动物，也绝对不会有人认为，那个头上顶着盘子的怪兽，真的就栖息在各地的河流当中。

为此，C 先生一边笑着一边这样说道："我曾经在一个男子手里看到过一幅图画。那个男子自称杀死过一只河童，而且还把河童的样子描绘在了纸上。这个嘛，也许就是所谓的河童的样子……"

C 先生的话让大家感到很惊讶。

"不不，总之，那些都是人们编造出来的，我也只是看到了图画。"

C 先生说着，抬起手挠着头皮笑了笑。

"无论描绘得怎样详细，图画终归是图画。嘴上说是临摹，是真实的写照，但如果把想象的东西描绘在纸上，看的人却是分不出真假。多画只眼睛、张大点嘴巴，完全取决于画者的想法。即使画者说，这就是原样，我们也不能盲目相信。"

笑话集的插图当中有河童的形象，乌七八糟的画卷里也煞有介事地描绘着河童的样子。从图画的意义上说大家都是一样的。

"只见到图画不能说明任何问题。"C 先生最后说道。

★

那之后过了很长一段时间。

某天来了一个人，自称在仙台河岸（隅田川东岸）D家的栈房[1]里看到过腌制河童的场面。同样是笔者的相识、一位担任要职的武士 M 先生听了这件事之后感到非常奇怪，并对此进行了调查，知晓了下面这一番详情。

在 D 家栈房附近，一个孩童无缘无故地落入沟渠溺水而死。

据查，当时并不存在引发事故的状况，且死者年龄尚小，不可能是自杀。只能认为是被什么东西引诱落水。如

1　栈房：储藏并出售粮食等的仓房。

此古怪的事情，令栈房里的人无不为之感到迷惑不解。

　　为慎重起见，大家决定将沟渠里的水抽干，把水整个换一遍。如果有诱人落水的大型水栖动物栖息于此，那将是极其危险的事情。毕竟已经有小孩死在了里面，这让人无形中感到了恐惧。

　　人们在沟渠的内侧搭上围堰，沟里的水位迅速下降，不久便露出了沟底。

　　接着，大家发现干涸的河床上有个东西在动，似乎有只动物潜伏在淤泥里面。看来，果然有生物栖息在沟里。是一只大龟？还是一条大鱼？人们试图捕捉它，可是，那东西风驰电掣般地迅速逃跑了。

　　若是在水中倒也罢了，可是现在水已经被抽干了。

　　从它那敏捷的动作来看，既不是只龟，也不是条鱼。

　　由于它行动灵活，人们便决定放弃生擒，改用猎枪射杀，成功杀死了它。眼下正值夏季，再加上物种稀奇，于是人们先洗去了它身上的泥浆，然后将尸骸浸泡在了盐水当中——事情就是这样。看起来那男子的话也并非无中生有。

　　只是，那个生物是否就是河童这个问题，只能任凭目睹这一场面的那个男子主观判断了。

　　说起来，D 家也是俸禄六十二万石的大户。M 先生提出拜访 D 家栈房实地察看实物，但是由于种种原因未能实现，无奈之下只得请目击者绘制成了图画。

M 先生请求看一看那张图画。

M 先生想起了从前的谈话，于是请了 C 先生一起来观看。

看到图画后，C 先生先是陷入了沉思。片刻之后，只听 C 先生嘴里喃喃自语道："和上次看到的图画一点儿不差……"

拽了拽袖口

K 先生是一位活泼、热情、乐于助人的好青年。

家住小日向的 K 先生，与住在附近的旗本 Y 先生结成了好友。

或许是由于 K 先生做人表里如一、性格开朗，所以他很受 Y 先生的赏识，并得到了 Y 先生的厚爱。

虽说是关系密切，但毕竟 Y 先生是将军的家臣，不可能随便到他家里打扰。可是，或许是出于对 K 先生的信任，抑或是因为 K 先生单身一人，他经常受到 Y 先生的家宴款待。有一段时期，Y 先生几乎把 K 先生当成了自己的亲兄弟。

正因为如此，K 先生经常出入于 Y 先生的家中，彼此之间交际往来就如同家人一般。

不久，K先生和Y先生的独生儿子N君也成了好朋友。

N君是一个五岁的小男孩儿，看上去十分可爱。

Y先生夫妇非常疼爱自己的儿子。在父母的精心呵护下，N君非常健康，而且非常懂事，在外人面前丝毫也不胆怯。

K先生天生喜欢小孩儿，每次来Y先生家都要和N君在一起玩耍。

K先生带来礼物，懂事的N君总是显得特别高兴。

不知不觉，K先生甚至专程来到Y先生家和N君玩耍，Y先生的家人对此也表示非常欢迎。N君则把K先生当成了自己的好朋友。

有一次，因为工作关系，K先生有一段时间没能来到Y先生的家。

"好想和N君在一起玩耍啊，N君会不会等得着急了？"K先生心里想着。

就在这时，从Y先生的家中来了一位使者。

"今天，请你务必要到Y先生的家走一趟！"使者说道。

"啊，好久没有去Y先生的家了。莫非N君想我，感到寂寞了？"

K先生琢磨着，准备了一下便匆匆离开家，来到了Y先生的宅院。

Y 先生的家比起平时显得昏暗了许多。

在门口打了一声招呼也没有人回应，K 先生索性直接走了进去。

其实 K 先生每次来也都是这样。走进通向厨房的一条长廊，N 君总是会从其中的一个房间里突然跑出来，迎接 K 先生。为了让 N 君第一个跑出来迎接，Y 先生的家人总是故意躲在里面，不先出来露面。

在长廊的中间附近，像往常一样，N 君走了出来。

N 君出来后，立刻用他那只可爱的小手，紧紧地揪住了 K 先生的衣袖。

你来啦！ K 先生心想。

接着，N 君迅速地转过身，拽住 K 先生的衣袖快步向前跑去。

"快来玩！快来玩！" N 君似乎在大声吵闹着。

"明白了！明白了！不要跑，小心跌倒啊！"

K 先生被 N 君拽着通过走廊，当走到最后一间房屋的门口时，K 先生突然愣住了。

门口竖立着一扇屏风。

K 先生无意中停下了脚步。

袖子像是被一只小手用力拽了一把，却又突然松开。

N 君用力过猛，一个人向前跑去。

前面是厨房，N 君一个人跑去并没有危险。K 先生望了一眼 N 君跑去的方向，然后转过身，抬脚走进了房间。

气氛似乎和往日不同，房间里一片肃静，K 先生以为里面有病人。

就在他走近屏风，待要张口打招呼时，Y 先生从屏风后面走了出来。

"我的儿子……"Y 先生说道。

Y 先生一脸痛苦的样子。

"N 君，我可怜的儿子……"Y 先生声音颤抖地说着，"N 君，他得了天花，已经死了……"

"啊？"K 先生回过头去看了看走廊。

这么说……的确没有见到 N 君的脸孔，也没有听到他的声音，还有他的脚步……

不，请等一等！

K 先生看了一眼自己的袖子，然后，他揪住自己的袖口，试着往前拽了几下。

啊！不错！

刹那间，还没等自己惊讶，全身的汗毛已经倒竖了起来——面对笔者，K 先生直截了当地诉说道。

没有臭味儿了

K先生如今已经是松平丰前守家家臣中的一员了。可是，年轻的时候他却很不得志，只能屈居于乡下度日。

在艺州时，K先生曾经寄宿在武士I先生的家中。

这位I先生生性胆大包天，经常口出豪言壮语，说自己无所畏惧，这世界上没有什么可怕的东西。

"实际上，他真的是天不怕地不怕。"K先生说道。

K先生不相信世上有什么幽灵或者妖怪。但即使如此，他仍然对世界上没有可怕之物这种说法感到抵触。

按照K先生的说法，主张世界上没有可怕之物的，通常只有两种人。

一种是，打鬼驱邪全包在老子身上的——所谓豪杰型。另一种，是认为世界上根本不存在妖魔鬼怪，所以没有必要害怕的——所谓理论型。前者，只能认为他们是对自己的武艺过于自信；后者，则可以认为他们过于理性，这样反而失去了诚信——事情就是这样。

"不过，I先生却不属于其中的任何一种类型。"K先生这样说道。

K先生曾经和I先生在一起探讨过这类事情。

"你认为世界上没有可怕的东西。那么，你的意思是说，你自己十分强大，所以天下无敌；还是说，你认为世界上根本就不存在可怕的东西呢？你说的究竟是指哪一种呢？"K先生问道。

听K先生这么一说，I先生笑了笑，回答道："两种都不是。"

紧接着，I先生又说道："不过，在我年轻的时候——却两种都是。"

I先生的话让人难以捉摸。为此，K先生继续追问起I先生的本来意图。于是，I先生做出了如下回答。

"通常，多少有点儿理性的人都会明白，这个世界上不可能存在妖魔鬼怪。更何况，对自己的力量充满信心的人即使遇上了妖怪，也会用自己的力量把它击败。我是这样认为的，其实我就是这样一个人。可是，从前的我却完全不同。"

I先生曾经断言，这世上的确存在着妖怪。

"可是，妖怪并不是用武力就可以降服的。"I先生继续说道。

接下来，I先生对K先生讲述了下面的故事。

艺州有一座山，名叫引马山。山顶附近有一座魔窟，一般人不得靠近。

传说，那魔窟里驻守着妖怪三本五郎左卫门。

"嘿，刚才我已经说过，年轻的时候，我认为这个世界上没有什么妖怪。纵然有妖怪，我也可以一刀将它砍死——这就是所谓的狂妄自大。那时我对迷信的东西简直就是嗤之以鼻。就这样，我和从前的老朋友相扑大力士，两个人在一起策划着怎样破除那些蛊惑人心的迷信传说。"

绝不允许世上有这种奇怪的事情存在。年轻的I先生和自己的朋友相扑大力士对周围的人发誓，要在那座魔窟门外摆上酒席，痛痛快快地喝上一通。接着，二人便往竹筒里装满酒，得意扬扬地登上了引马山。

"噢，那可不只是说说而已，我们真的登上了引马山。尽管是从前的事情，可我还记得清清楚楚呢。现在怎样我就不得而知了，当时，七尺高的五轮塔上写着'地水火风空'。看起来那里绝不是什么吉利的地方。我们在那里喝了整整一天的酒，一直边喝酒边聊天儿。当时，并没有发生什么事情。"

就在他们两个人下山三天之后，那个相扑大力士突然死在了家中。

至于是怎么死的，K 先生也没有打听。

按照 I 先生的说法，是突然暴毙——似乎就是这个意思。

"从那以后……"I 先生难为情地笑了笑，在 I 先生的家里——就是 K 先生寄宿的那个宅院里，每天都会发生奇怪的事情。

也不知道是什么原因，总是不断地出现离奇的事件。仆人们被吓得先后离开了 I 先生家。

"家里实在感到了不便，"I 先生说道，"并没有感觉到害怕，只是觉得不便！因为只剩下了我一个人。家里的确有些不正常，但是也并没有要了我的命，所以也就没有觉得特别害怕。也许是我的感觉过于迟钝，总之就像平常一样。当然我也并不是那么淡定……"

到了第十六天，奇怪的事情突然又全部消失了。

"或许怪物也觉得无聊了。"I 先生满不在乎地说道。

看到 I 先生若无其事的样子，K 先生越发对 I 先生的话产生了怀疑。似乎 I 先生是在编造谎言来愚弄自己，K 先生暗自思索着。

总而言之——假如这些都是真实发生过的事情，那么相扑大力士的死，和宅子里的一连串怪事，似乎并不存在因果关系。

此外，也不能判定这些怪事肯定就是由引马山事件引发的。

"不对！毫无疑问，那就是骚扰山神的结果。"看着K先生那惊诧的表情，I先生说道，"第十六天——正好就是怪事结束的那天，不知道从什么地方传来了奇怪的声音。"

"我是三本五郎左卫门，我无所畏惧——那个声音这么说。"

那就是传说中引马山上怪物的名字。

"我说，那声音与其说让人感到惊讶，倒不如说让人感到失望。因为，突然间一切都停止了。那声音清楚地说自己是三本五郎左卫门。所以说，妖怪的确存在。可是，妖怪不能用武力驱逐。相反地，却是要和它比拼毅力。如果你不去想它，它就没有那么可怕。只要能忍耐，什么事情都可以过去……"

"我觉得自己对不起相扑大力士，他从来也不知道忍耐。"说完，I先生一时间陷入了沉默，然后，又皱起了眉头。

"只是……在草席垫上随地大小便，却是叫人大跌眼镜。又臭又脏，还得我一个人来打扫，那种刺鼻的气味真让我很难忍受。"

"就是旁边那间屋子里的草席垫。"说着，I 先生用手指了指旁边的房间。

"现在不是已经没有臭味儿了吗？"

"当然，现在已经没有臭味儿了。"K 先生苦笑道。

为什么是牛虻

那是 B 先生去葛西（江户川区）附近钓鱼时的事情。

一天，酷爱钓鱼的 B 先生，高高兴兴地来到河边，放下了鱼竿。

这时，飞来了一只牛虻。B 先生还以为是只苍蝇，仔细一看，才发现是一只牛虻。

哎呀，牛虻，可不要被它蜇到了——B 先生一边心里想着，一边观察着它的动静。这时，另一只牛虻飞了过来。就在 B 先生躲闪不及时，又飞过来了一些牛虻，纷纷落在了鱼竿和鱼篓上。鱼篓里一条鱼也没有，究竟是什么东西把它们吸引到这里来的呢？ B 先生心里感到十分不解。

不一会儿，成群的牛虻聚集过来，多得不计其数。B 先生想要把它们赶走，却又害怕弄不好被它们蜇了。他一动不动地望着飞来飞去的牛虻，无法集中精力垂钓，对此感到束手无策。

"哎呀，哎呀！"就在 B 先生左右为难时，恰好旁边有一位老太婆感叹着，步履蹒跚地向他走来。

"我说，这个地方怎么掉下来一只鬼魂呢?"老太婆说道。

B 先生听了以后大吃一惊。

"因为掉下来一只鬼魂，所以牛虻才都聚集了过来。"老太婆继续说道。

"我不明白!"

"首先，我不明白为什么说这里掉下来一只鬼魂。"B 先生从来没有见到过鬼魂，也不知道鬼魂与鬼火和狐火有什么区别。只是，一说到鬼魂，那就是人的魂，是人的灵魂，这些 B 先生也有所了解。至于说鬼魂是人死了以后才跑出来的，还是人活着的时候就和人伴随在一起，这一点 B 先生却是不能够确定。似乎说起灵魂，通常人们都认为那就是轻飘飘的，像光或者能量一样的东西。

的确，在图画上看到的鬼魂，就像一个圆球，拖着一个细长的尾巴，轻飘飘地飘浮在空中。

因为是飘浮在空中，所以就有可能掉在地上。可是，因为鬼魂掉在了地上，所以虫子就飞了过来——这话听起来似乎有些不合情理。

"这种事情我怎么也搞不懂。"B 先生说道。很可能是那个奇怪的老太婆在顺嘴胡诌，B 先生心里琢磨着。

可是，C 先生听到老太婆的话以后，却是表情奇妙。

"那老太婆说的话可是千真万确呀！"C 先生说道。

C 先生说他自己曾经看见过鬼魂。而且，那个鬼魂也的确掉在了地上。

C 先生见到鬼魂，也是在他去钓鱼的时候。

那天，C 先生一大早起来，天还没有亮就来到了小河边。他选择好地点，正准备放下鱼钩……

就在这时，轻轻地飘来一束光。就像绘画中看到的鬼魂一样，它拖着长长的尾巴，飞来飞去，身上发出一道白光。C 先生并没有立即认出那就是鬼魂。他吃了一惊，用目光紧随着那道光线。

那道光线轻轻地飘动了一会儿，便掉进了草丛中。

"那到底是什么东西？怎么会发出那么耀眼的光芒？又是什么东西掉在了草地上？"

开始的时候，C 先生还不知道那就是鬼魂。他饶有兴趣地跑到了发光体降落的地点，拨开草丛，寻找掉在地上的物体。可是，他并没有发现任何东西。

原来，那是个泡影啊！

那个东西掉在地上时，曾经冒出了一股气泡，发出一阵说不出的恶臭。

C先生觉得，这世上居然有这般不可思议的事情？他许久地观察着那个气泡。不久，那个气泡完全变成牛虻飞向了天空，向着四面八方散去。

原来，那竟是人的鬼魂，C先生说着，不觉浑身一阵颤抖。

可那为什么是牛虻呢？这一点最终也没有得出个结论来。

小手指

从事贴身护卫工作的 F 先生，某一天，突然感觉到剧烈的头痛。

F 先生平时就患有轻微的头痛症。可是那天他头痛得特别厉害，感觉脑袋都痛得要炸裂了。

而且，F 先生的头痛病总是不见好转。贴了膏药、浸了冷水也见不到效果。

疼得 F 先生白天坐立不安，晚上也睡不着觉，这下可把他急坏了。

就在 F 先生为头疼烦恼不堪的时候，他的一位朋友 J 先生来到了他的家里。

J 先生看到 F 先生如此痛苦，非常惊讶，心里也很着急。

于是，J 先生郑重其事地问 F 先生："在浅草田圃的妙祐山上有一座幸龙寺，不知你可否听说过这座寺庙？"

F先生从未去过浅草，况且F先生既不信神也不信佛，根本没有听说过这座寺庙。

F先生回答说不知道，于是J先生劝F先生一定要去那里走一趟。

为了治疗头疼而去寺庙，这令F先生感到十分不解。

问其理由，J先生做出了如下说明：幸龙寺内有一间小神社，里面供奉着柏原明神。此神社看上去不起眼儿，却是非常灵验，所许之愿无一不能实现。

只是，并非任何事情都能够如愿以偿。

相传，柏原明神在一件极小的事情上十分灵验。

这座寺庙的威力对于治疗头疼病极为有效。祈祷头疼痊愈，柏原明神便会显现出超群的灵验。为头疼而烦恼的人在此祈祷，立刻就能够产生效果。无论多么严重的头疼病必能得到治疗。

"人们无不称这座寺庙神奇。"J先生说道。

"所以，你一定要到那座寺庙去参拜一下，到那里许上一愿，一定能够立即见效。"J先生郑重其事地劝说道。

这个嘛……这倒的确是一件幸运的事情，但无论如何我现在根本站不起身来。只要稍微一动就头疼得要命。这种状态根本无法一个人去浅草。

这话说得倒也是，J先生说着，思考了片刻后又说道："看你头疼得很厉害啊！你这样子，根本无法去参拜。可是，你疼得如此严重，我又不能看着不管。对了，我替你去参拜，你看怎么样？"

　　J先生如此惦记着F先生的病痛，F先生对此十分感激，却又不好意思请J先生代为参拜。

　　说起来那都是烧香拜佛、求神保佑的事情，F先生本来就对此不感兴趣。吃药求医都治不好的病，如何能够只靠去一趟寺庙就解决？退一万步说，就算拜一拜很灵验也很有效，那也得自己亲自去寺庙才行呀！请别人代为祈祷，那是不可能见效的。

　　如果说非常灵验，那无非也是精神的作用——充其量不过如此。

　　心里想着一定能够治好，身体也会随之发生变化。

　　靠别人代为祈祷，不会有任何意义。

　　似乎看出了F先生的心思，J先生赶忙解释道："这一带从前就有代为参拜的传统。但重要的是本人必须要有诚意。我所要做的只是代替你去跑一趟。只要本人有诚意，无论你人在什么地方都可以灵验。明白了吗？我这就去为你许个愿，你一定要争取把头疼病治好！你要认真地祈祷，祈祷身体健康。"

原来如此，真的会有这种事情吗？F先生似乎有些明白了。

F先生不可能打心底里相信那位神灵，但是只要相信了朋友的话，似乎感觉头疼也缓和了许多。总之，终归还是自己骗自己。

正如人们所说，病打心上起。

J先生说了一声"看我的"，便匆忙出发赶着去了浅草。望着J先生的背影，F先生感到了一丝安慰，但仍然不能打心底里完全相信。

毕竟头疼病不但没有减轻，反而越发加剧了。

F先生把脑袋埋在枕头里，忍着疼痛躺在了床上。由于连日以来睡眠不足，F先生开始感觉意识有些模糊。也不知道过了多久，F先生完全失去了知觉。看似进入睡眠状态，却是已经完全丧失了意识。

不！

说F先生完全丧失了意识，其实倒也并非如此，因为F先生现在仍然记着当时的情形。

如果说F先生当时已经进入了睡眠状态，那么这或许就是一场梦。可是，F先生当时并没有睡觉。只是，F先生当时已经失去了正常的判断能力，并且身体完全失去了自由。

或者说身体处于失神的状态。

可是，不知道什么原因 F 先生却记得当时的情景。

眼前出现了两只猴子。

不知道从什么地方，走过来两只小猴子。它们抱着 F 先生的头又是揉又是搓，不断地刺激着疼痛的部位。每当猴子那小手指碰在头上时，不知怎么疼痛似乎一下子全都被驱散了。

那猴子按摩头部的感觉非常舒服，舒服得让人忘记了一切烦恼。

"这简直……就好像是到了极乐世界，用语言无法形容。"

F 先生像是进入了梦幻之中。那二十只小手指轮流不断地按揉着患部。

不一会儿工夫，疼痛便完全止住了。这时，F 先生睁开了眼睛。

F 先生站起身来，感觉精神十分爽快。

头疼病似乎已经痊愈。

可是，F 先生环视了一下四周，却不见猴子的踪影。房门紧闭着，看不到任何兽类曾经出入过的痕迹。

不对，这里怎么会有猴子？ F 先生思索着。猴子钻到房间里，为我按摩之后又悄悄地离开，这种不合常理的事情，无论如何都不可能发生。就算野猴子真的入侵到了房间里，它也绝对不会给人按摩的。

一定是幻觉，看起来只是自己做了个梦。可即便如此……

为什么偏偏梦见了猴子？

为什么会做了一个如此奇怪的梦？F先生正暗自思忖时，代为参拜的J先生从浅草赶了回来。

F先生向J先生郑重地道了谢。头疼病的治愈或许完全是出于偶然。可即便是偶然，头疼症状的消失却是无可辩驳的事实。J先生感到由衷欣慰。

看到F先生已经不再痛苦，J先生非常高兴。

"噢，头不疼了，太好了！太好了！我可是诚心诚意地为你许了愿，现在不是已经见效了吗？可我只是替你去庙里参拜，最终还是你自己的诚意起了作用。"J先生说道。

F先生听了以后一时感到为难，于是老老实实地说出了心里的话。

"老实说，我并没有从心里相信那座寺庙会如此灵验。与其说是半信半疑，不如说是完全不相信。只是J先生您如此热心，我由衷地感谢您……"

随后，F先生向J先生讲述了猴子的事情。

"为我治愈头疼病的不是神灵，而是梦中的猴子。"F

先生说道。

就在这时，J 先生突然绷起了脸，"听你这么一说我才想起来，那座寺庙里到处都挂满了镶了相框的猴子画像。"

J 先生兴奋地说，那猴子便是神明的使者。

F 先生——只是呆呆地摸了摸自己的脑袋。

他似乎依然可以感觉到被猴子的小手指触摸时的心情。

因为太喜欢

　　每逢东照宫进行修复工程的时候，就会从江户调来大批官员赶往日光。负责监察工作的 H 先生就是其中的一员。下面的故事是 H 先生在日光上任期间听到，然后讲给当地朋友的。

　　前往日光赴任的一行人当中有一位下级官员 S 先生，他的夫人自幼喜欢猫，周围的朋友无人不知。

　　包括从外面捡来的和从朋友家抱来的，家里总共豢养了三四只猫。不用说，S 先生的夫人对这些猫关爱有加。她从不舍弃任何一只猫，也不将它们赶出家门。所以，猫的数量便越来越多。

　　家里有了猫，自然就没有了老鼠，可是房子却遭到了破坏，而且到处臭气熏天。更糟糕的是，还给街坊四邻带来了麻烦。

此外，猫的数量多了，照顾起来也成了问题，而且饲料费开销也变得非常可观。

可即使如此，S先生也没有阻止夫人养猫。

因为S先生知道夫人打心眼儿里喜欢猫。她身体虚弱，而且没有孩子，猫成了她生活当中唯一的乐趣。

对于这样一位夫人，S先生很难忍心将猫从她的身边夺走。

有人对S先生说，至少也要告诉夫人少养几只。可猫和其他东西不一样，毕竟是活物。看上去都是猫，可饲养久了就会知道，每一只猫都不一样，它们分别有着自己的个性。时间一长，就自然产生了感情。这样一来，就很难选择扔掉哪一只留下哪一只。

结果，S先生的家成了猫的世界。

尽管如此，S先生也并没有对夫人横加指责。相反，他还处处留意，尽量不对猫造成伤害，照顾起猫来也开始特别用心。S先生本来就不讨厌动物，因此这也并没有给他带来太多的负担。

可是某年冬天，从天气转冷开始夫人的身体情况就发生了变化。

几年前，夫人就开始感到身体不适。那之后的时间里，夫人有时还能起来，有时就只能在床上躺着，身体状况始终不佳，然而最近病情突然间恶化了。

随着天气变冷，夫人的病情也在加重。可说起来，谁也不知道S先生夫人的身体究竟什么地方出了毛病。气滞、卧床不起、动弹不得、头昏脑涨……总而言之，或许是得了抑郁症之类的疾病。

表面上显示出各种各样的症状，却都找不出原因。为此，只能是头疼医头脚疼医脚。

结果，没有一项病症得以治疗痊愈。

正因为如此，夫人病情恶化，却是无计可施，无法治疗。过了年，夫人的疾病已经相当严重。

噢，与其说是病情加重，不如说夫人看上去明显变得古怪起来。

最先发觉夫人精神状态异常的，是一位护理病人的L先生。

一天，L先生和夫人打招呼。这时……

"喵!"夫人叫出了声来。

这一叫，把L先生吓出了一身冷汗。

定睛一看，夫人的一举一动活像是一只猫。与其说像猫，不如说夫人是在模仿猫的样子。

开始的时候，L先生还以为夫人是在开玩笑。可是，

L 先生却不能确信夫人是在开玩笑。如果夫人不是在开玩笑，那么她多半是精神失常了。

根据 L 先生的判断，夫人的眼神不太正常，更准确地说，那是一种动物的眼神。夫人的猫态日益加重，不久，夫人终于彻底变成了一只猫。

到了开春时节，不知为何夫人的食欲也开始变得旺盛。

夫人的疾病并没有被治愈，只是饭量大大增加了。

而且，夫人吃起东西来和猫一模一样。她把嘴贴近盘子，也不用手，贪婪地啃嚼着食物。

看到这一情景，L 先生觉得很尴尬。当然了，作为伴侣的 S 先生更是感到十分为难。

"不用说，那一定是被什么东西附了体。"

大家都这么说，L 先生更是对此确信无疑。

无奈，S 先生请来了大批僧侣，举行了隆重的祈祷加持[1]。S 先生、L 先生都虔诚地盼望夫人的怪病能够得到医治。但是事与愿违，大家的努力没有产生丝毫效果。

S 先生的夫人与猫为伴，和猫生活在一起，现在连她本人也已经变成了一只猫。

S 先生觉得，即使妻子精神出现紊乱，也不会有生命

1　祈祷加持：祈祷又称加持，意为祈盼祛病除灾。

危险。"只要她还活着，疾病迟早可以得到治疗。"他这样对 L 先生说道。

就在这时，已经变成猫的夫人，突然又说起了人话。

"我，是八年前死去的一只猫。"

夫人不经意地说出了实情。说完，夫人立刻又变成了猫。听 L 先生这么一说，S 先生更是觉得不可思议。于是，S 先生问 L 先生："怎么会有这种事情？一定是你听错了。"

可是，L 先生清楚地听夫人这样说过。

"您说不会有这种事情，可是请问，您究竟不相信哪一点呢？您是认为兽类是不会附在人身体上呢？还是您觉得已经为夫人做了祈祷加持，但是幽灵还没能被驱散，所以为此而感到莫名其妙？"L 先生反过来问道。

可 S 先生却连连摇着头，"不是，我看到妻子的样子，也觉得妻子是被什么东西附了体。那个东西的灵气很强，而且带着恶意。请高僧加持，也没有能够把它驱散。此外，我对你说的话并不感到怀疑。"

"只是……"说着，S 先生显得有些含糊其词。

停了一会儿，"妻子——不，是附在妻子身体上的那个东西，它是说，自己是八年前死去的那只猫吗？"S 先生问道。

"夫人的确是那样说的。"L 先生回答道。这样一来，

S 先生就显得更不能理解了。他说："那只猫，是众多的猫当中妻子最疼爱的一只猫。它和妻子在一起的时间最长，而且为妻子生了很多小猫。最后，妻子亲眼看着它离开了尘世。妻子亲自送终的猫，怎么会做出这种事情？我不认为那只猫会对妻子如此仇恨。"

说着，S 先生来到了夫人的寝室。

发生了这种事情，实在让人难以理解。如果说是知恩报恩，或者是暗地里保护主人免于灾难，那还可以理解。可怎么想，妻子也没有理由遭到报应。这样一说，S 先生表示无论如何也不能理解，或许其中也有他的道理。

S 先生来到夫人的寝室，许久不见出来。

S 先生能够和夫人保持正常会话吗？

L 先生感到非常奇怪，心里暗自嘀咕着，战战兢兢地向屋里张望。

就在这时，隔扇门被推开，脸色苍白的 S 先生从里面走了出来。

S 先生一脸思虑过度的样子。

"我终于想通了。"

他毅然决然地说道。

L 先生可是丈二的和尚，完全摸不着头脑。

那天，S 先生当即请来了日光的社家 [1]，庄严隆重地举行了蟇目仪式 [2]，行了咒法，以驱邪除魔。由于祈祷加持虔诚，终于驱散了附在夫人身体上的妖怪猫，夫人也渐渐地恢复了正常。

可是，从那以后不过三日，夫人便一命归西。

临终前夫人对 S 先生说，附在自己身体上的猫，就埋在院子里，必须把它扔到河里冲走。于是，S 先生挖开院子，发现了一只裹在布里的猫的尸骸。不知为何，经过了八年的时间，尸骸却丝毫也没有腐烂，就像刚刚死去不到两三天的时间一样。显然，那是一只妖怪猫。

S 先生按照夫人的遗嘱，将猫扔进了河里。不仅如此，S 先生还命令 L 先生等仆人，将那只猫的儿子、孙子以及抱来的拾来的猫一只不剩，统统扔掉。

这次 S 先生可是下狠心了——L 先生这样想着。

无疑，附在夫人的身体上，最终却将夫人杀害的那只猫，着实让人恨之入骨。可是其他猫却没有任何罪过。如果不容分说地统统把它们抛弃，必然招致猫的怨恨。既然

1　社家：犹如行家，这里是指神社里的神官。

2　蟇目仪式：蟇目，一种前端是纺锤形的木质镝。蟇目仪式，即射出镝箭以驱除妖魔的仪式。

已经知道猫可以附在人身体上兴风作浪，为了使自己免于灾难，就不能继续做出伤天害理的事情。

想到这里，L 先生劝说 S 先生，至少也要把刚刚出生的小猫留下。

对此 S 先生说道："小猫和老猫都是一类货色，必须一律扔掉。"S 先生的回答让 L 先生感到意外。尽管没有死去的夫人那样执着，但 S 先生也曾表示过对猫的关爱。自从夫人患病以来，S 先生也曾代替夫人照顾猫，甚至最近还对猫产生了感情，有时也把猫抱起来放在自己的腿上玩耍。

为此，L 先生问 S 先生到底是怎么想的。

于是 S 先生皱了皱眉头，不情愿地说道："正是因为产生了感情，所以才要把它们扔掉。"

对此，L 先生更是感到了一头雾水。

"你还不明白吗？"

S 先生追问道。"那么，就让我来讲给你听一听。"S 先生将在寝室与夫人——不，是与猫的谈话内容一一讲给了 L 先生。

那天，当 S 先生推开隔扇门时，看到夫人像猫一样蹲在了床上。见 S 先生进来，夫人像猫一样，"喵"地大叫了一声。S 先生叫着死去的猫的名字："你就是八年前死去的那只什么什么猫咪吗？"

夫人，不，是猫回答道："是的。"

S 先生听了以后大发雷霆。

"我们把你喂养到老，可你却忘恩负义，对主人恩将仇报，真不知道你是怎么想的。"

S 先生大声吼叫着，猫却细声细语地回答道："我并不是老死的，我是被狗咬死的。尸体被埋在了院子里。我生了许多孩子，可是我却没有能够把它们抚养长大，自己就先死了。正是因为这样……"

"我知道你为此感到遗憾。"猫还要说下去，S 先生却打断了它的话。

"可是，你死了以后，你生的孩子在被你附体的夫人的精心护理下，一个一个地茁壮成长。没有一只中途夭折，都幸福地生活着。"

"这个我知道。"猫说。

"现在这个家里养的猫也全都是我生的。所以，这里不能没有我。我有那么多的子孙，所以我更不能离开这个家。"

的确，人们都说猫不离家。可是……

"你死了以后仍然不愿意离开这个家，这倒也没有关系。只是，我不知道你存的是什么心，为什么要附在夫人的身体上？你为什么要折磨我和我的夫人？为什么要附在夫人的身体上？你说这到底是为了什么？"S 先生紧紧追问着不放。

于是，猫轻轻地回答道："那是因为——这个人，她太喜欢猫了。"

S 先生听猫这样一说，气得一句话也说不出来。

所以才终于想通了。

"对冤仇和怨恨可以报复，可是这种情况却让我束手无策。"S 先生说道。

L 先生则同意，将所有的猫全部赶出家门。

时隐时现

因为说是申年，那就应当是前年的事情。

在马车道上经营着一家茶房的 B 先生，有事来到了深川。

待 B 先生办完事时，周围已经是一片漆黑，于是 B 先生赶忙踏上了归途。

可是，就在 B 先生经过灵岸寺的寺庙门前时，突然冒出了一股奇怪的火焰。

也不知道是鬼火还是阴火，B 先生对这些并不很熟悉，只看到一束红火苗和一束蓝火苗，突然点着却又瞬间熄灭。

这难道是眼前的幻觉？还是自己看错了什么东西？

B 先生是个胆大心细的人，他并没有感到害怕，而是一个人继续往前走着。就在他走过庙门，来到寺庙院墙尽头附近时，听到了一个声音在呼唤自己。

那是个年轻女子的声音。

B 先生还以为自己掉了什么东西。他转过身往后退了几步，只见寺庙的院墙前站着一位女子。方才走过时并没有看到那位女子啊，这让 B 先生心里感觉有些奇怪。可那女子确实就站在那里。B 先生走近那位女子，问她有什么事情。

女子对 B 先生说道："我是家住赤坂的与力[1]N 的妻子。前些日子病死后，被埋在了这座寺庙里。"

"啊！我不知道你在说什么。"B 先生回答道。一定是自己听错了，否则的话，她就一定是个危险的女人。

看到 B 先生那惊讶的样子，那个女人并没有就此胆怯。她对 B 先生说："请你听我把话说完。"

"我为什么要听你讲话?"B 先生本打算予以拒绝，可又一想，还是决定老老实实地听她说话，适当地应付几句，这样或许不会招惹麻烦。如果她真的是个危险的女人，就更不能草率行事。把她惹急了，反倒不好脱身。

那个女人继续说道："我死了以后，丈夫又和另一个女人结了婚。那个后妻是一个嫉妒心极强的女人，她甚至

1　与力：日本江户时代大名及上层武士属下的下级武士。

让我也感到了为难。正因为这样，我根本不能安心地离开尘世。"

"我看这个女人倒是有点儿嫉妒别人。"B 先生心里想着。

这可能是她编造的谎言——B 先生猛然清醒了过来。也许是这个女人的丈夫与别人私通，或者是离了婚，她嫉妒丈夫的新欢，于是企图装死来威胁对方，完全是别有用心。

要不然的话，如果这个女人真的已经死了，就是说，假设这是那个女人的幽灵，那么，可能就是这个女人看到丈夫再婚，于是产生了强烈的嫉妒心理，为此她久久不愿离开人间去另一个世界。B 先生认为，嫉妒到了如此地步，足以看出她对人间的留恋。

"我们素不相识，请您原谅我的冒失，希望您能够把我的诉求转达给我丈夫。"

那个女人说完，向 B 先生深深地鞠了一躬，待 B 先生再看时，她早已经消失得无影无踪了。

老实说，或许那个女子只是不见了，其实也并没有消失。

B 先生思索了片刻。

看来并没有什么大事。或许只是因为争风吃醋和丈夫吵架了。

不，即使是争风吃醋，也实在有些超出了常规。看来这事情与自己无关，大可不必过于紧张。但是对方已经记住了自己的面孔，这让 B 先生心里感到有些忐忑。如果反被那个危险的女人恨上了，自己将难逃她的手心。

B 先生这样想着，权当是顺路，一个人来到了赤坂，找到了姓 N 的与力家，并提出要和 N 面谈。可是，B 先生却遭到了对方的怀疑，N 先生拒绝与 B 先生见面。

过后回想起来，当时实在是有些过于冒失。大半夜的，哪里有一个普通村民到武士家求见的？即使不是那样，一个素不相识的外人突然到访，主人家怎么能够轻易就出来见面？或许 B 先生被人当成了坏人，亦未可知。

可是，B 先生却不甘罢休，再三请求与对方见面。

不久，N 先生出于无奈，勉强走了出来。B 先生将方才那位女人的话转告给了 N 先生。

这时，N 先生并没有感到奇怪，也没有感到惊慌，只是露出了苦涩的神情，说道："说起来让人笑话，后妻的嫉妒如此之深，实在让我感到为难。这其中……多少有些不正常。"

B 先生再次皱起了眉头。N 先生所说的话，和那个女人说的完全不一样。或许，这个与力更危险？ B 先生越发感到不安。如果前妻真的已经去世，那么这个口信就只能是来自幽灵。说到幽灵，通常人们都会感到非常紧张。而且，明显是那前妻在嫉妒后妻。"依我看，多少有些不正常的应当是 N 先生。"B 先生暗自思量着。

可是从表面上看，N 先生却是一位礼仪端庄，极其普通的武士。除了说的话和那女人不一致以外，N 先生待人接物的态度都是十分恭敬的。就在 B 先生不知如何是好时，N 先生却低下了头。

"非常感谢，你能够传来我已故妻子的口信。"

N 先生郑重地道了谢。既然他说是已故妻子，看来他的前妻的确已经死了。可即使如此，B 先生的脑子里仍然是一团糊涂。尽管 B 先生觉得糊里糊涂，却依旧一五一十地把事情的经过叙述了一遍，然后便离开了 N 宅。

过了一些日子，B 先生再一次有事来到了深川。

依旧是深更半夜，在回来的路上，B 先生再次经过灵岸寺前那条漆黑的道路。在那之前，B 先生已经完全忘记了前些日子发生的那件奇妙的事情。似乎是因为在同一时间来到了同一个地点，B 先生猛然又想起了那件事。

如此说来，庙门附近是不是还会看到怪火？ B 先生朝着上一次冒出鬼火的方向四处巡视了一番，这回却没有发现任何光亮。

上一次实在让人感到莫名其妙。这次 B 先生挺着胸大步地向前走去。

就在这时，突然听见有人在呼唤。

和上次一样，那声音来自寺庙院墙尽头附近。"果然又来了。"B 先生心里嘀咕着转过了头。

那个女人，再一次出现在了寺庙的院墙前。

她隐隐约约，时隐时现，就像绘在薄纸上的一幅透明的画卷，透过亮光依稀可见。

她的身影并没有因黑暗而模糊不清。说起来，黑暗当中本来就是什么也不能看得到的。然而不用灯光照射，就能够看到那个女人。不过，昏暗之中只是依稀可见。

"我们原本素不相识，可上一次我却冒昧地托您带了口信。实在是不好意思，我知道您已经把我的话转达给了我丈夫。为此，我向您表示衷心的感谢。"

说着，那个女人再一次深深地鞠了个躬。

"托您的福，那个嫉妒心极强的后妻也已经死了。您为我除去了前方的障碍，我也可以顺利地离开这个世界，升天成佛了。"那个女人说道。

B 先生没有回答。

说完话后，那个女人不知是消失在了云雾之中，还是离开去了什么地方，到底后来怎样，B 先生说自己也记不清了。定睛看时，眼前便是一个人影也见不到了。

B 先生十分惊讶，却并没有感觉到害怕。只是脑子里依旧觉得一团糊涂。过了些日子，B 先生又来到了 N 先生的家，再一次问起那件事情。

的确，后妻已经死亡。只是……

假设那个女人果然变成了幽灵，而且作祟杀死了 N 先生新娶的妻子，那么，在这当中，B 先生又起了怎样的作用呢？如果真的是幽灵，那么它完全可以自行作祟了事。

N 先生则表示——并非完全是那样。

"那并不是前妻在作祟。日前死去的后妻，实在是个嫉妒心极强的女人。让人感到惊讶的是，她甚至对死去的前妻灵前的牌位也感到嫉妒。她实在是嫉妒得令人生畏。"

N 先生叙说的事情原委是这样的。

一天，那个后妻纠缠着 N 先生，无论如何也想要得到一个牌位。N 先生问她要牌位做什么，她却不回答，只是一味地说要个牌位。

妻子死磨硬泡，N 先生拗不过，只好顺嘴说了一句"那随你便吧"。于是，后妻便从佛坛前取出了前妻的牌位，用劈柴的柴刀将其砸了个粉碎。

"呀，呀！那气焰比起鬼魂来还要嚣张。为此，前妻说自己始终不能够升入天堂。"N 先生愁眉苦脸地说道。

原来，疯狂地嫉妒他人的那个危险的女人，竟然是后妻。而B先生见到过两次的那位前妻，竟然真的是个幽灵。

　　"所谓幽灵，是因为它时隐时现，所以才把它称为幽灵……

　　"尽管并不可怕，但它却时隐时现。"B先生最后说道。

她也开始了

这是听 K 君讲述的一段故事。

K 君家一位家臣的细君[1]被什么东西附了体。

那位细君身患疾病，为了养病便回到了娘家。

细君的病情本身并不严重，可却迟迟没有痊愈，养病时间也越拖越长。

一天，躺在病床上的细君，突然从嘴里不经意地说出了一些莫名其妙的话。

"我丈夫在外面有了别的女人。"

细君首先把这件事情告诉给了娘家的人。娘家的人听了之后大为震惊。先不说丈夫在外面是否有女人，只是躺

1　细君：古时称自己或他人的妻子。

在娘家床上的女儿，怎么可能知道丈夫的行踪呢？或许，是长时间卧床不起，意志变得脆弱了吧？娘家人对女儿劝说道。

可是……

"丈夫抛弃了我。首先说，他让我赶快回娘家，就是没安好心。他看着我不顺眼，我在旁边他就气不打一处来。所有这些，都是那个女人在作怪。"女儿毫不掩饰地说道。

紧接着，女儿愤怒地又哭又闹，暴跳如雷，当着家人的面大发雷霆。

"依我看，这件事情完全是无中生有，听起来简直让人笑掉大牙……"

按照 K 君的说法，那家丈夫完全是清白的。

特别是，那家丈夫一向不贪图酒色，是一条真正的硬汉子。况且，那位细君更是十里八乡尽人皆知的大美人。

"噢，正是因为如此，那个家伙非常迷恋自己的妻子，并且因为有了这样一位妻子而感到自豪。也正是因为这样，他才觉得事情非同小可，赶快把妻子送回了娘家。那位丈夫尽管是条好汉，从不在家中耍威风，但在老婆面前也从不委曲求全。夫妇之间的关系非常融洽，绝对不会出现阎王不在小鬼翻天的事情……"

但是尽管如此……

听说妻子不依不饶，丈夫便赶忙跑过来说明，可妻子却根本不听解释。看起来妻子的情况不同寻常，不像是普通的疾病。

"总之，离开了心爱的丈夫，一个人感觉到孤单，于是开始疑心生暗鬼，脑子里胡思乱想，最终一个人钻进了牛角尖。其结果自然是——无人理睬。只是，多少让人感到有些担忧的是，由于疾病长期医治不愈，人也变得越来越古怪起来。

"通常，遇到这种事情人们会这样想，噢，看来也只能这样认为。"K君故弄玄虚地说道。

"就是说，毫无根据地嫉妒别人，最后自己却变得精神失常……通常人们会这样解释。可是，这位妻子的情况却有些与众不同。"

这位妻子指名道姓地，说出了丈夫外遇女人的名字。

这位妻子所说的丈夫外遇的女人，就是Y家茶坊老板的女儿。那位Y家茶坊老板的女儿也在K君家里做女仆工作，所以自然也和这位妻子的丈夫相识。

"噢，岂止是相识，那位茶坊老板的女儿经常夸奖那个家伙，说他有男人气概，能干活，心地善良，总之是赞不绝口。所以，也不能说那位茶坊老板的女儿完全没有意思……可是，一个女仆说的话，无论如何也不可能传到妻子的耳朵里。退后一步说，就算传到了妻子的耳朵里，那位茶坊老板的女儿也只是在赞赏自己丈夫人品高尚，根本没有必要发怒。而且，那位茶坊老板的女儿不可能做出这种伤天害理的事情。她知道那个家伙有妻室，况且一个女仆怎么可能与家中的武士眉来眼去？她作为茶坊老板的女儿，充其量也只是敬佩武士而已。据我所知，他们之间只是偶尔在走廊里打个照面，互相根本就不认识。无论如何也不可能发生肉体关系，这一点我可以肯定。"

可是，那位茶坊老板的女儿，却突然发起了高烧。

而且……

"那个人的妻子埋怨我，并且对我发出了诅咒。"茶坊老板的女儿突然说道。

毫无疑问，茶坊老板的女儿对那位妻子的情况一无所知。

"她也开始了吗？有人不禁说道。噢，现在她们二人已经退了烧，完全恢复了正常。可是，她们至今仍不时地相互谩骂。也不知道是狐精附体，还是狸猫缠身。

"有时，即使看不到火光，却依旧是一道浓烟冲天直上。"K君苦笑着说道。

哐　当

　　在越前西南的福井番，有一位姓 G 的豪杰。

　　这位 G 先生，不但力大无穷，而且气质坚毅，勇猛果敢，是个无所畏惧的壮汉。然而他却性情暴躁，周围的人无不惧他三分。

　　如果是在战乱时期倒还好，可现如今正是和平年代，这种性格的人并不受欢迎。因此，G 先生似乎很难出人头地。

　　一直在江户供职的 G 先生，经过一番周折，最后经调整重新回到了福井。

　　那是发生在福井的故事。

　　福井有一条河，名叫足羽河。

　　足羽河上有一座桥，名叫九十九桥，桥下栖息着一只巨大的乌龟。传说那只乌龟时常袭击路人，并将其活活吞下。为此，人们谈龟色变。事实上，这条河里的确栖息着不少乌龟，其中也不乏个头较大的乌龟。

一天，G先生正在过桥时，猛地往桥下张望，看见了一个像座小山似的物体。那是什么东西？G先生定睛一看，原来是一只乌龟。那只乌龟个头大得令人难以置信。它一半身子露出水面，卧在河边上晒着太阳。

刹那间，G先生意识到那就是食人龟。

乌龟并没有准备向自己发出袭击。但即便如此，G先生却对此确信无疑。地点与传说中的完全吻合，而且更为关键的，是它那异乎寻常的巨大身躯。如此巨大的乌龟，必然会对人造成伤害。如果被它咬上一口，小孩的身子立刻就会丢掉一半。如果真的是食人龟，自己无论如何也不能将它放过。它威胁百姓的生命，是一只十恶不赦的怪兽。

"要是不把它杀死，我将无颜面对父老乡亲。"G先生暗地思忖着。

G先生本就是一名绿林豪杰，他在桥墩旁脱下衣服，拔出了刀，一个猛子跳入了水中。

这位绿林豪杰G先生，本以为会是一场激烈的肉搏战，结果却异常轻松地战胜了对手。

不费吹灰之力，乌龟便死在了G先生的刀下。

杀死乌龟容易，可毕竟它的身体又重又大，一个人抬不动它。G 先生叫来了附近的村民，仗着人多势众，终于把乌龟拽上了岸。那可真是个庞然大物呀。

　　"如此巨大的乌龟，实在少见！不如赶快把乌龟壳剥下来献给领主。"

　　"乌龟肉带回去，可以炖上一锅好酒菜。"G 先生心里想着。

　　于是，G 先生便把那只巨大的乌龟尸骸带回了家。见此情景，G 先生家的仆人们大为震惊，顿时乱作一团。

　　G 先生得意地高声笑着，命令厨房趁着新鲜立即下锅烹饪，接着说了一声"我去睡个午觉"，便一个人走进了里屋。

　　不一会儿，屋子里传出了一阵豪爽的鼻鼾声。

　　可是，仆人们开始为此大伤脑筋。

　　主人命令他们将怪兽下锅烹饪，这让仆人们感到很为难。如果是普通的乌龟倒也罢了，可这只乌龟体型巨大。仆人从来没有见到过这么大的乌龟，不知道如何将其解剖。

　　奇怪的是，不知道从什么地方开始下刀，更不知道如何才能把它劈开。仆人们无从下手，无奈他们只能围在那只大乌龟的周围，一边观察一边思考起来。

　　这龟根本就没法吃……

仆人们琢磨着。主人说要拿它来下酒，可这东西根本就无法食用。

接到命令烹饪乌龟的仆人们，看着眼前的这只大龟犯起了愁。

这么大的一只乌龟，不用说肉也老筋也硬，不可能好吃，说不定还有毒……

"不错，一定有毒。"仆人们说着。如此巨大的怪兽，死了以后也不会就此罢休。并且，那只乌龟的肉已经开始腐烂。即使没有腐烂，乌龟肉本来就很臭。

而且，根本就没有办法拿来烹饪。

只要一下刀，毒液就会喷射出来，看上去非常危险。即使不是这样，也不能把即将腐烂的乌龟劈开，将有毒的乌龟肉端到主人的面前。

不，绝不能这样做。按照主人的性格，只要把乌龟劈开，他就一定会要求拿来品尝。如果食用后出了问题，那时后悔就来不及了。

仆人们索性自作主张。

他们迅速地把乌龟扔到了河里。因为那东西实在是臭气熏天。

仆人们打算等主人醒过来以后再向他说明情况。

G 先生一觉醒来，听说乌龟被河水冲走了，于是大发雷霆。

他怒气冲天，愤怒地训斥着无视自己命令的仆人，强烈谴责着把乌龟扔进河里的人。以致最终一怒之下将仆人全部斩首。

G 先生的处理方式竟是如此简单粗暴。

这件事情立刻传到了领主的耳朵里。

领主很久以来一直就对这位粗暴的部下非常担心。

G 先生为人心直口快，做事却是不计后果，并且时常对部下采取暴力行为，以致酿成了恶果。

这位 G 先生，在击退危害百姓的巨龟时表现得十分勇敢。但是他缺乏理智，对仆人做出如此粗暴的举动，也理应承担罪责。相反，仆人们的判断完全出于人之常情，尽管他们犯有违背主人命令的错误，但那绝不是足以判处极刑的重罪。

"G 的处理方法，实在蛮横无理……"

领主做出如此判断，并且对 G 先生下达了判决。

G 先生被逮捕，受到了蛰居[1]禁闭的处置。

对此，G 先生也不得不心服口服。

无疑，领主之言着实正确。

---

1 蛰居：关闭在家中或固定场所，禁止外出的一种惩罚。

G 先生尽管有些生气，但也实在太欠考虑。冷静下来想一想，仆人们说的话的确有道理。这种东西怎么能够食用？

　　如此说来，当初把巨龟带回家便是一个轻率的举动。其实，G 先生只是打算向领主和世人宣扬一下自己的功绩。命令仆人拿去烹饪，也并非真的想要吃乌龟肉。

　　只是为了向世人炫耀自己的胆量，只是为了满足自己虚荣的心理，充其量不过是一种自我标榜……

　　然而，却令仆人招致杀身之祸，实在是有些过分。

　　G 先生虽然性情暴躁，却并非不明事理之人。

　　G 先生对自己的轻举妄动进行了深刻的反省，忠实地接受了领主的判决。

　　G 先生把自己关在屋子里反省，那一身的豪杰气概也随之软了下来。毕竟无论怎样忏悔，都无法挽回局面。死去的仆人不可能复活。首先说，那只巨龟是否就是食人龟，亦未可知。如此说来……

　　G 先生感到，自己实在对不起那些死去的仆人。

　　就在这时……

　　深夜，G 先生睡得正酣。G 先生觉得，不知道从什么地方进来了一个人，走到了自己的床边。

　　G 先生也弄不清那个人是站着是趴着还是蹲着。因为

G 先生正处在睡眠状态，所以他不可能知道得那么清楚。老实说，即便有人进来，熟睡的 G 先生也不会知道。

可是，的确进来了一个什么东西。那个东西或许是人，或许是物。

G 先生能够感觉到那个东西的存在，这表明他的意识存在。可是，G 先生并没有感觉到自己已经从睡梦中苏醒。

正因为如此，G 先生以为自己一定是在做梦。

那个莫名其妙的东西，嘴里吟咏着什么诗歌向 G 先生走来。他猛地敲打着 G 先生的头。

像是被铁锤敲打着一样，G 先生感到一阵剧烈的疼痛。

G 先生醒了过来。

与其说醒了过来，更准确地说，应当是疼得他一下子从床上跳了起来。G 先生睁开眼睛，站在地上，立即巡视了一下四周。屋子里一个人也没有。

可是，G 先生却感到了剧烈的头痛，前额疼得几乎不能忍受。

既没有起包又没有红肿，只是感到头痛十分剧烈。

因为疼得难以忍受，所以从那以后 G 先生一直没能合上眼。

天明时，头部的疼痛消失得无影无踪了。

待清醒过来认真思考后，G 先生觉得那仍然只是一个梦。G 先生作为犯人正在被关禁闭。他既不能离开房间去外面，外面的人也不可能进来。

G 先生认为，那是自己内心的罪孽意识，以这种奇妙的形式出现在了梦中。

可是，G 先生却清楚地记得对方吟咏的那首诗歌。

"每逢夜幕必到访者，足羽川明晚将送来复仇之浪。"

G 先生甚至把它背诵了下来。

诗歌的大致意思是：每天晚上都会到访的人，明天起将不会再来，而是送来复仇的浪花。

似乎是在通过诗歌，哀叹到访的人将不会再来。

其中提到的那个足羽川，似乎与那只乌龟有着某种关联。

或许，每晚到访的并不是人，而是一只乌龟。

既然如此，G 先生便不再为此冥思苦想。如果那只是个梦，那么一切就都是 G 先生脑子里编织出来的故事。包括那个莫名其妙的物体、剧烈的头痛以及那首诗歌，所有这些都是 G 先生脑子里创造出来的幻觉。既然如此，再怎么想象也都没有任何意义。

G 先生暗自寻思着。

可是，就在那天夜里……

过了半夜时分，那个莫名其妙的物体再一次出现在床前。并且，那个物体又在吟咏着同一首诗歌……

那东西敲打着 G 先生的头颅。

G 先生同样感到了剧烈的头痛。他迅速地跳下了床，一股巨大的力量敲打在前额上，完全不能想象是在做梦。无疑，G 先生的确感到了头痛。他用手捂着头，和上次一样，那以后一直没有能够合上眼。

等到天明之后，G 先生仍然感到那只是一场梦。

而这一次，前额的疼痛却并没有消失，被敲打的部位仍在一跳一跳地隐隐作痛。

G 先生一时间感到了恐惧。如果头部真的遭到了殴打……

如此再被打上几次，自己就必死无疑了。G 先生寻思着，同时伴随着剧烈的头痛。

实际上，如果这样继续打下去，自己一定会昏倒在地上。如果被击中要害，甚至会当场死亡。对方的势头确实非常猛烈，自己感受到的疼痛也的确十分强烈。

不，反过来又一想，如果自己真的遭受如此毒打……

G 先生思索着。说不定仍然是个梦，可是无论如何也得不出结论来。就这样，G 先生再一次迎来了夜晚。

那天晚上，G 先生许久不能入睡。

G 先生躺在床上，时间一分钟一分钟地过去。他睁着眼睛，迎来了午夜时分。

不久，那个东西又突然来到了面前。

像是一团模模糊糊的云块。那时，G先生的确很清醒。肯定不是在做梦。即使如此，那个物体却突然出现在面前。也不知道它来自何方，G先生只是感觉床头附近的空气密度骤然增加，质量不断加重，不久便形成了一个实体。

不久，那个东西又开始吟咏起诗歌。

啊，开始敲打了！

G先生这样想着，同时感觉到一阵强烈的冲击，并伴随着剧烈的疼痛。G先生把头从枕头上移开，悄悄地躲到了一旁。

如果不是在睡眠状态，而是在清醒状态被敲打的话……

那时，毫无疑问自己将难逃一劫。

两个晚上连续三次遇到这种情况，G先生已经知道它会在什么时间出现了。

G先生在把头移开的同时，也将枕头推了出去。G先生一边推着枕头，脑子里一边琢磨着：啊，难道这也都是在做梦吗？G先生觉得这不可能都是现实。睡不着觉，醒了过来，那一定也是自己在做梦。

接下来的一瞬间，响起了一声巨大的声音。

哐当！

G 先生猛然惊醒过来，他站起身。

回过头看时，只见那个陶瓷制的枕头已然被砸得粉碎。

G 先生不觉出了一身冷汗。

G 先生希望自己从梦中醒来。

可是，直到第二天早上，G 先生也没有清醒过来。那的确不是个梦。

被砸得粉碎的枕头已经不可能复原，碎片落了一地。

很难想象当时自己处在神志模糊的状态。不使用工具，陶瓷器具不可能被砸得如此粉碎。

领主听 G 先生说完之后，接着说道："一定是 G 先生打死了一只雄龟，而雌龟来为雄龟报仇。"

说着，领主吟了一首对歌，以回应 G 先生听到的歌，并将其封在了信封中，投入了足羽川。从那以后，围绕 G 先生的怪事全都骤然消失了。G 先生决心彻底悔改，领主也免其罪责，并允许 G 先生官复原职。

痛改前非的 G 先生，至今仍在福井任职。

可时至今日，G 先生仍不时地回想起那砸碎枕头时发出的"哐当"声。

如果不是座头 [1]

　　笔者（根岸）从前曾经因河流整治工程，率领当时的部下 O 君和 H 君等人，历经数月周游关东六国。

　　这个故事，就是在旅行途中，H 君遇到的一段真实的亲身经历。

　　H 君那年五十岁出头，年富力强，长期从事建筑行业，足迹踏遍全国各地，对土木工程了如指掌，而且性格十分爽快。他工作上认真负责，胆大心细，即使失败也毫不气馁，而且心胸开阔，是个不可多得的人才。

　　笔者率领一行人沿多摩川各村镇一路视察，来到了一个名叫押立村（即现在的府中一带）的小村庄。

1　座头：以吹拉弹唱、针灸按摩为职业的盲人。

那一天，一行人决定在押立村住一晚。

笔者经商议在村长家里留宿，队伍中的其他人则分别就近住在周围的村民家中。由于队伍人数较多，不可能住在同一个地方。如果集中住在同一户村民家中，势必给这家人增添很多不必要的负担，因此最好是分散住宿。此行所到之处，更多地采取了这种方法。

早上起来，由O君和H君负责将大家集合在一起，到笔者住宿的地点会合，然后再一起转移到下一个村镇——如此这般，日复一日。

一天早上，不知为何一向很准时的H君却姗姗来迟。

"今天怎么啦，是不是感觉不舒服？"

听别人这么问，H君只是阴沉着脸，含糊其词地回答道："没有什么，对不起，让大家担心了。"

尽管H君脸上显得有些不高兴，但那一天总算是平安无事，他也和往常一样，跟大家一起顺利地完成了工作，大家也就没有再说什么。

可是到了第二天，在一行人的全体会议上，H君的情绪却仍旧显得有些异常。问他是不是有什么话要说，他却吞吞吐吐地回答道："噢，有一件事觉得有些离奇，所以昨天也就没有对大家说出来。前天晚上在押立村住宿的时候，我的房间里发生了一件莫名其妙的事情，弄得我一宿没有睡好觉……"

似乎就是因为这件事情，H君早上迟到了。当大家再次询问他到底出了什么事时，H君却显得有些难以启齿，"噢，可能是因为白天过于劳累……"

的确，在那之前，从上一个宿营地羽村出发到达押立村的途中大家都非常辛苦。一路上淅淅沥沥地下着小雨，加上一行人脚上穿着草鞋上上下下地走在大堤上，确实感到有些劳累。

"会后，我赶快回到了住宿的村民家，打算立刻就躺下休息。"

接着，H君讲述了下面的故事。

H君住宿的房间，是一间所谓的厢房。其间，有一条长廊与正房相连接。但是尽管如此，厢房与正房之间仍相隔一段距离，H君住的厢房远离家人的生活区域。同样，这里与仆人的房间也相隔甚远，似乎是一间平常不大使用的空房。

"因为是借宿在别人家中，所以也不便提出过多奢侈的要求。说起来，那家的房门和围墙到处都是洞，加上墙外长满了三尺多高的杂草，条件实在令人不敢恭维，那房间简直就无法住人。可尽管如此，我心想只要能遮遮风挡挡雨，有个窝睡上一觉也就可以了。总之，那是一个非常不安全的地方。"

平日总是处处小心谨慎的 H 君，此时关好了房门，又认真地检查了几遍，便铺上被褥准备睡觉了。

毕竟是经过了一天的劳累，H 君开始感到一阵阵睡意袭来。

他躺下后闭上眼睛，觉得浑身开始放松，立刻便打起了呼噜。

渐渐地，H 君的意识开始变得模糊起来。

就在他即将进入梦乡时，传来了"咚——"的一声巨响。那声音，就像房顶上落下了一块巨石。

"老实说，我还以为房顶被砸了一个大窟窿。不客气地说，这厢房本来就很简陋，如此巨大的声响，造成的冲击或许早已把厢房摧毁。这让我大吃了一惊，我迅速地惊醒过来。可是，厢房却丝毫也没有受到损伤。"

H 君愣住神看了看屋顶，无疑屋顶上也没有洞。

H 君并不以为那是自己的错觉。他心中感到老大的不快，抱怨着好梦被人打扰。H 君索性翻过了身，将下巴顶在枕头上，睁大了眼睛。

就在这时，枕头旁边坐着一个人。

H 君早已把门关得严严实实的，他是从什么地方进来的呢？ H 君的不安立刻变成了危险信号。他一定是强盗之类的人物，就在 H 君准备爬起来应对时，不知为何，他却感到不对劲儿。

对方不像是强盗。

黑暗之中，待眼睛适应过来后，H 君发现那是个座头。

一个秃顶的座头，盘腿坐在榻榻米上。那座头身穿一件方格单衣，看上去脏兮兮的。他两臂摊开，低着头，脸朝着下方。

怎么看那都是个座头。

H 君感到大吃一惊，却又一时对他束手无策。奇怪！奇怪！这里怎么会出现座头？

H 君觉得，首先要确认一下他的来历。可是想来想去，H 君还是没有这样做。

"对方又没有对自己造成伤害。或许是他走错了门？或许他本来就住在这个厢房里？总之，他既然坐在这里，就一定有原因。所以，我必须要先确认，他是否真的是个座头。如果他是座头，那就一定是个瞎子。或许也有一些不如意的事情，我这样想到。"

H 君觉得，无论如何也不便张口询问。

"座头并不可怕。假如我问他是哪一方的座头，如果他回答'我不是座头'……"

如果他这样回答怎么办？ H 君这样想到。

如果不是，那么他又是什么呢？如果他不是座头，如果他这样回答的话……

　　H君立刻感到了一阵恐惧。犹豫来犹豫去，H君终于站起身，拿起了放在床头上的短刀。H君觉得，任何时候都不能够掉以轻心。

　　"可是，就在我拿起短刀的那一瞬间，座头却突然一下子从眼前消失了。趁我的视线转移的空隙，他便消失得无影无踪了。这绝不是错觉，也绝不是幻觉。"

　　接着H君按顺序对字据和文书上的手印进行了检查；确认他们都还在，并将其认真地揣在怀里，再次检查了门窗后，便躺下睡觉了。

　　"咳，即使有可能是幻觉，也仍旧让人放心不下，怎么也不能安心入睡。不过，终究抵挡不住一天的劳累，不知不觉间我完全进入了梦乡。也不知道迷迷糊糊地睡了多久，等到我再次醒过来后，睁开眼睛看了看枕边。"

　　那家伙又坐在了那里。

　　那个像座头一样的家伙，这一回向着左右伸开了双臂，冲着H君铺天盖地地压将过来。H君见势不妙，把被子一掀，取出了短刀准备刺向对方。

　　"嗯？又不见了。就在我拿出短刀的一瞬间，对方又不见了踪影。于是，我只好点亮灯火，把整个房间从上到下统统地检查了一遍，却是没有发现丝毫可疑的痕迹。门窗也关得死死的。本想叫来仆人问问情况，可深更半夜的，离正房又那么远，况且这种事情怎么好说得清楚呢？无奈，只好一个人坐在床上熬到了天明。

"当时并没有感到害怕，只是无论如何也无法入睡。"H君说道。

那之后，问他后来座头怎样了，H君回答："他再也没有来过。"

"噢，看起来，那并不像是座头。谁也不知道那到底是什么。只是觉得那东西看上去像是座头。"

如果不是座头，那又是什么呢？这反倒让H君感到了一阵恐惧。

谎　言

　　A 先生夫妇在谷中经营着一家豆腐店。

　　谷中有很多寺庙，A 先生的豆腐店就开在寺庙的门口。

　　某天，半夜里有人来敲门，这令 A 先生感到一阵忐忑不安。

　　A 先生夫妇都已经上了年纪，生意又大多集中在早上，所以晚上通常早早地便关了店门。这一点在 A 先生夫妇店铺周围的街坊当中无人不晓。也就是说，如果没有特殊情况，这个时间是不会有人到访的。

　　A 先生小心翼翼地打开了房门，只见前面寺庙里的住持表情奇怪地站在门外。

　　外面一片漆黑，仔细看上去，A 先生发现住持身边还站着一位年轻女子。

住持低着头，嘴里断断续续地说着，半夜三更前来打扰，只因为有一件事情，恳求与 A 先生商量。

A 先生夫妇大吃一惊，赶忙问是什么事情，于是和尚说道："实不相瞒，这个女子是小僧的侄女。噢，就在前不久，她家里发生了一些纠纷。在纠纷解决之前，这女子最好还是离开家出去躲一躲。可是你看，一个涉世尚浅的女子，一个人住在外面让人多不放心？为此，就暂时将她收留在本寺中。这么大一座寺庙，收留一个女子本来是不成问题的。只是到了白天，让别人看见了多有不妥。寺庙里根本不应该收留一个女子。"

的确，尽管没有禁止女人待在寺庙，可是一个女子出现在寺院里，的确有些不大适宜。

一来引人注目，二来不合体统。

"为此我想，能不能白天就让她在您这里，求您帮忙照看一下。遇到这种事情，实在让人不好张口。我知道这样会给您带来麻烦，事后自然会一并对您表示感谢……"

"噢，噢，我明白了。"

A 先生一边点着头一边说着，劝住持不必担心，并且满口答应了对方的请求。尽管不知道那女人家里的具体情况，但听了之后还是表示了理解。A 先生的夫人也没有表示反对。老两口儿房子不大，增加一口人住宿势必有些困难。但如果只是白天，照顾一个女子也并不会有许多麻烦。

和尚听了以后非常高兴。

第二天早上，女子便来到了 A 先生的店里。

头一两天，和尚的侄女还显得有些怕生，也不大爱说话。但是不久，那女子便和 A 先生夫妇熟悉了起来，嘴里问这问那地开始说个不停。

可是，那女子却只字不提自己家里的事情。但不说也知道，既然那女子不得不离开家躲避，那么就一定有着难以启齿的理由。为此，A 先生夫妇也尽量注意避免涉及这一话题。

不必说，店里的客人也会问到这个新来的女子。每当那时，A 先生夫妇便谎称是亲戚家的孩子，搪塞过去。只是 A 先生夫妇天生不会撒谎，于是 A 先生便嘱咐那女子，尽量在家不要离开店铺。那女子也非常听话，从不迈出店铺一步。

过了几天，A 先生突然产生了怀疑。

或许，这个女子根本就不是住持的侄女。A 先生猛然想到。

"或许，我们都被那个住持欺骗了？" A 先生暗地里这样感觉。比如说，这个女人可能是住持的情人？据说，也有和尚出入不三不四的场所。出家人按照规定被禁止携带妻室，所以她不能公开地住在寺庙里。可尽管这么说，自己又没有证据，也不能直接问那个女子。A 先生只好把疑虑藏在了肚子里，不觉又过了一些日子。

可是有一天，A 先生的店里来了一个男人。他年龄在三十岁左右，自称是寺庙住持的侄子。

"您是住持的侄子吗？"

"是的。麻烦您关照的那位女子，她是我的妹妹。"那个男人说道，"给您二位添了麻烦，我在此对您二位表示感谢。"

接着，那个男人又说道："不知道您是否已经听说，家里发生了一些纠纷，所以我就带着妹妹两个人离开家，去了很远的地方工作。可是，不久前公司派我到江户出差。我不可能把妹妹一个人留在那个陌生的地方，于是就把妹妹一起带到了江户。但是我有自己的工作，又不能专心照顾妹妹，只好把妹妹托付给了出家的伯父。可听伯父说，妹妹白天在您这里，由您二老照看。想起来，把一个年轻女子留在寺庙里，这本身就非常勉强。人们会说闲话，让伯父遭受不必要的嫌疑。古往今来，出入下流场所，沉浸于酒色的破戒僧人比比皆是。噢，或许我说得过于轻浮了。"

"原来如此。"

Ａ先生为自己怀疑那女子的身世而感到内疚。

"现在，家里的纠纷已经得到了圆满的解决，我在江户的出差工作到今天也已经结束。所以，我打算今天就把妹妹接回家，为此特地前来与二老商量。"

那男子郑重地鞠了一躬，并把一些钱递到老人的面前，嘴里说着"这是我的一点心意"。

"这点钱不多，希望您二老收下，拿来买些酒菜也好。"

"既然是这样，那就太好了。"

Ａ先生夫妇互相看了看，然后说道："想必老和尚也就放心了。"

听Ａ先生这么一说，那男子回答道："伯父今天不在庙里。"

"如此说来，听说住持今天一大早就离开寺庙出了远门。或许是急着要去办法事？"

"本想也去伯父那里道个别，可是由于工作的关系，必须现在就起程，所以打算改日再来向伯父道谢。"

"原来是这样！可是，我们是受老和尚的嘱托照顾这位女子。我们并不是对你有什么怀疑……"

办事谨慎小心的Ａ先生，并非不相信那位男子的话。可为了慎重起见，他还是进到了里屋，向那女子本人确认了一下。那女子隔着隔扇，早已看见了那个男子。

“不错，那正是我的哥哥。这下可好，我可以回家了！”那女子高兴地说道。

“可是我问你，就这样走了，老和尚他不会生气吗？”

“哥哥来接我，伯父他不会不高兴的。而且，您二位是我们的恩人，伯父更不会责备您二老的。”

那倒也是，Ａ先生心里琢磨着。而且更重要的是，Ａ先生和Ａ先生的老婆并没有对任何人说起过自己家里收养着老和尚的侄女。所以也就根本没有必要怀疑。

那女子赶忙做好了上路的准备。那男子再三对二老表示道谢。

“伯父回来以后，麻烦您一定要向他说明情况。伯父听了以后一定会非常高兴的。我也会在近期尽快再来一次这里，亲自向伯父说明情况，并且向他道谢。”

说完，那个男人和那个女子便互相牵着手，离开了Ａ先生的店铺。善良的Ａ先生夫妇，望着他们的背影，放心地目送他们远去。

黄昏时分，住持回到了寺庙。为了尽快把事情通报给住持，Ａ先生夫妇一同来到了寺庙。

还没等Ａ先生夫妇把话说完，和尚便满脸通红。

“你……你们怎么可以这样！”

和尚大声怒吼着。吼了一阵之后，却又变得灰心丧气。

A 先生夫妇感到十分为难。

实话说，正如 A 先生所猜测的那样，那个女人的确是和尚的情人。好色的和尚无论如何也戒不了女色，整天在外面寻欢作乐，不久便和一个妓女缠在了一起，最终交了赎金把她领回了家。可碍于施主的耳目，和尚不敢把女人领回寺院。于是，便采用欺骗的方法，巧妙地利用了 A 先生夫妇。

A 先生夫妇得知细情后大为震惊，但是由于事先得到了大笔酬金，却又敢怒不敢言，也不好对和尚说教，只好大失所望地回到了店里。

让和尚出钱赎回女郎，令其承担破戒的罪名，然后再把女人夺走，类似情节的小说倒也不少。此次事件似乎也是要的这一把戏。

总之，破戒的和尚不义，被赎身后却又跟着别的男人逃之夭夭的女人同样不义。不义也会得到不义的报应。对此，和尚无话可说——A 先生夫妇终于明白了。

可是……

"噢，不提他了。可那个男人，为什么要谎称自己是和尚的侄子呢？"

A 先生百思不得其解。

"老和尚对我们讲的话，全都是临时编造出来的谎言。

谎称女人是自己的侄女，谎称女人家里发生了纠纷，这些全部都是顺口胡诌，临时编造出来的谎言。和尚只对我们夫妇说那是他的侄女，我们并没有对任何人说出这件事情。无疑，和尚也不会告诉别人。那个女人一直在我们家里，既没有给外人写信，也没有和外人见面。到了晚上，她就回到了寺庙里，噢，是与和尚在一起。可那个男子……"

　　他究竟是如何知道和尚临时编造出来的谎言的呢？　Ａ先生想起来还真的有些后怕。

显　灵

那是 B 先生生活贫困时的事情。

那时，B 先生无论怎样努力工作也积攒不下几个钱，生活万般拮据。

尽管 B 先生非常勤奋，生活也很俭朴，但收入仍然无法维持生活。认识 B 先生的人都对此感到难以理解。

说不定是被穷神缠身了，不然怎么会这样？

一天，一位朋友 C 先生来到 B 先生家里，劝他信佛吃斋。

后乐园的隔壁有一所 M 大院，里面有一座牛天神社。牛天神社的院落里坐落着一座祠堂，那祠堂在附近一带的巷子里颇有名气，受到大家的一致好评。穷人来到这祠堂里烧上一炷香，事后必会有好运气。

B 先生听了以后很是为难。

B 先生老实忠厚，可并不吃斋念佛。

但即使如此，B 先生却也不是一个无神论者。他只是没有自己特定的信仰，对于敬仰神佛的人也同样表示尊重。

不过，B 先生对于那种只贪图现世利益[1]的祈祷方法却并不赞赏。

B 先生认为，信仰是一种修行，是平日虔诚心的不断积累。这种修行积累到了一定程度，自然就会得到某种回报。那种只图眼前利益，企图一夜之间暴富的求神方法，并不会有好的结果。

老实忠厚的 B 先生，似乎把那看成是一种邪念。

"不对，不对！" C 先生说道。

可为什么不对，B 先生却并不知道。

求神不是为了暴富，也不是为了眼前的利益。求神的目的是要驱邪除魔。不是召唤幸福，而是要驱赶不幸——或许也可以这样解释。

"那也不对。" C 先生说道。

"不错，只想着发财，只想着赚钱，为此而求神拜佛，

1　现世利益：今生今世，烧香拜佛所求得的利益。

那的确显得很贪婪。希望赶走穷神，似乎又好像是认错了门。而且说老实话，我自己也压根儿就不相信神会那么灵验。可是，实际上这种事情很有意思，不妨尝试一下。"

"我们可以一起去看一看。"

在 C 先生的热心劝导下，B 先生也就跟着来到了牛天神社。

里面确实有一个祠堂。

向一位别当 [1]D 先生打听祠堂的来源，才知道那原本是家住小石川的一名旗本武士祭神的地方。

那位旗本武士祖祖辈辈家庭贫穷，无法维持生计，整天为钱发愁以至到了走投无路的地步。最终，那位旗本武士起了一念，试图皈依佛门。

某年的年终，旗本武士画了一张神像，在神像前摆放了一些神酒和净米，并且祈福道："本人家境贫寒，努力工作也没有能够使得家庭幸福。本人觉得那也是无可奈何。可是相反，除了贫穷之外本人却并没有其他的不幸。如此一贫如洗，却是没有其他烦恼，这都多亏了佛祖保佑我一家平安。我怀着感恩之心，愿建一座祠堂，以祭佛祖。"

拜完佛祖，旗本武士在自己家的院子里搭起了一座不

1　别当：日本佛寺内职位的名称，为掌管一山寺务的长官。

大的祠堂，并且将神像供奉在中间，早晚跪拜不在话下。

不久，旗本武士这一小小的心愿终于如愿以偿，家里逐渐开始富裕了起来。

旗本武士心中感激不尽，与从前的知遇 D 先生商量，希望将祠堂转移安置在神社境内。

"噢，也不知道是否真的显了灵，但那终归是件好事情，我也就同意将祠堂移到了寺庙里。从那以后，听到了消息的人们都到此烧香拜佛。可是后来又怎样了呢？"

说着，D 先生苦涩地笑了一笑。

B 先生见 D 先生苦涩的笑容，不知道是什么意思，于是再次追问道："那位旗本武士不是得到了幸福吗？那个祠堂不是也受到了大家的一致好评吗？这么说，那个祠堂里的神不是很灵验吗？"

"噢，说起来倒也奇怪，正因为那个神太灵验了，结果反倒让人感到为难。"

"为难？"

是让人为难，说着 D 先生再次发出了苦笑。

"这祠堂里供奉的，可是一尊穷佛爷呀。" D 先生说道。

B 先生听了以后大吃一惊。

"说起来，还要对它敬而远之呀！既不能把它赶出去，又不能太过接近它，总之是要夸得它神魂颠倒。看起来，不管你信还是不信，神都是真实存在的。旗本武士的这个例子或许就是证据。问题在于你是否够虔诚。"

"到底还是显灵了呀!"D 先生再一次苦笑着说道。

面　子

E 先生是沿街贩卖年糕的摊贩。

从前，E 先生一直在两国桥附近的街头叫卖，一天，他突然决定换一个新地点。

"桥头或河边的生意似乎越来越难做了……"

事情就是这样。

一天，从早上起来一直没有客人，E 先生的心里很是着急。尽管年糕不像活鱼那样要求必须新鲜，但头一天做出来的年糕，第二天无论怎样也不好再拿来出售。当天做的年糕必须在当天全部卖完。

可是，那一天直到中午也没有卖出去一份。

如果当天赚不来钱，手里没有了现金，甚至没有办法购置下一天所需的材料。E 先生心里着急，情绪也有些低落。无论如何也要卖出去！ E 先生大声吆喝着，拼命地招揽着顾客。

午后不久，桥墩那边走过来一位浪人[1]。

那浪人领着一个四五岁的孩子。因腰里佩着双刀，总算还能看得出那是位武士，但本人却是一副穷困潦倒的样子，一身破衣烂衫，头发乱蓬蓬地搭在肩上。那浪人拦住过路行人，一边鞠着躬一边不停地向对方乞求着什么。

"他在沿街乞讨啊！那浪人逢人便哀求着，请施舍几个钱，请施舍几个钱给我。啊！武士也有穷困潦倒的时候吗？虽然如此，但那毕竟是武士，突然伸出手来要钱，怎么会有人理睬？噢，我这里也是同样的处境，完全可以理解。风餐露宿的人，总有无情的日子呀！"

浪人的孩子开始哭叫起来，似乎是感觉肚子饿了。

无论浪人如何哄劝，那孩子依旧哭叫个不停。

不一会儿，浪人朝着 E 先生的方向走来。

"我感觉到事情有些不妙。是呀，小孩子很可怜，这一点我也明白。做父母的总是为了孩子。那位浪人阴沉着脸朝我走来。他站到了柜台前面，开口说道：'我现在身上没有一文钱，可孩子肚子饿了一直在哭，能不能先赊几块

---

1 浪人：四处流浪的武士。

年糕给孩子？等过后有了现金到手，一定会如数偿还。'"

"从早上起来就一直没有现金进来。"浪人说道。说起来，这种情况与 E 先生一样。

"我拒绝了浪人的要求。并不是我小气。噢，虽然没有客人也会有些着急，但我并不是舍不得那几块年糕。年糕又不值几个钱，如果浪人不那样讲话，我或许会拿出几块年糕送给孩子吃。孩子非常可怜，我会说：'孩子，拿去吃吧！'"

可是，E 先生皱了皱眉头。

"我不是硬要挑人家的理。假如那个浪人说：'能不能施舍给我几块年糕？'那么我不可能不给他。反正也卖不出去，与其剩下不如给他。可是，那浪人偏偏要说过后一定付钱，似乎让人感觉他还没有甘心破落。如果我已经卖出了一些，或许也可以考虑再赊一些给他。可是，没有人来买年糕，我又怎么能够赊欠给乞丐呢？大家同样都没有钱。最后的结果，还不是施舍给他几块年糕，哪里是什么赊账？总之是求别人施舍口饭吃，最后还不是欠账不还？"

总之是没有钱，还不如老老实实张口要——E 先生这样认为。都是看着小孩子饿肚子可怜，这个时候还讲什么义气，简直让人笑掉大牙。在街头叫卖的 E 先生看来，这个时候还怕丢了面子，实在是不知好歹。

所以，E先生毫不客气地予以拒绝。

那孩子哭得越发厉害了。

就在这时，旁边走过来一位修木屐的男子。

"噢，修木屐的，那是下人做的生意。就是说，比起我们镇上的人身份还要低下——好像就是这样。那位修木屐的人，看上去似乎有些不忍心，于是走过去与浪人搭讪。"

"看起来你非常为难。我先垫上几个钱，给孩子买块年糕吃吧。"说着，修木屐的人从兜里掏出了仅有的几个钱，交给了E先生。只要拿了人家的钱，不论什么人也都是客人。E先生拿出了几块年糕，递到了浪人的面前。

"这时，我也感到心里踏实了许多。很想对那位修木屐的下人说几句感谢的话。噢，我只是有些较真儿，其实也并无恶意。而且对我来说，这成了我那天的第一笔生意。我还尽量多给了浪人一些年糕。浪人对那位修木屐的男人不住地道着谢，'多亏了您，多亏了您！'随后，便将那年糕递给了一直在哭泣的孩子。至此，大家皆大欢喜，可事情却并没有就此了结。"

浪人见孩子停止了哭泣，急忙转过身去，开始继续向路人行乞。

"噢，我和那位修木屐的男子一直在看着孩子吃年糕。

他看上去吃得那么香，我们两个人都感到由衷欣慰。脑子里根本没有想到钱，也没有想到要施恩图报。肚子饿了，哭着喊着要东西吃的孩子吃起年糕来不哭也不闹了，而且吃得那么香。见此情景谁会不高兴呢？我本来也想着把钱退还给那位修木屐的人，可是当着大家的面退钱，似乎又辜负了他的一片好心。所以，索性不如就这样，做了好事大家都高兴，我心里这样想着。可是，那孩子的父亲，他可是一脸凶相，抓住每一个过路的行人，向他们乞讨，向他们要钱，显得那么贪婪。"

修木屐的人似乎也感觉到有些奇怪，他站在孩子身边，望着浪人的举动，许久不肯离去。

不一会儿，浪人再次跑到了 E 先生的柜台前。看样子好像已经从过路人那里得到了一些钱。浪人拼命地向路人乞讨，路人们一定是迫于无奈，才不得不对他施舍。

只见浪人手里攥着刚刚讨来的钱，一把塞进了修木屐的男子的手里。

修木屐的男子一时不知道如何是好。

"噢，不错，按道理有借就有还。可是那位修木屐的人，并没有期待对方能够偿还，他完全是出于善意。但是，如果对方如此直愣愣地对待你的善意，结果会是怎样呢？不错，对方一再向你鞠躬道谢，可你会是怎样的一种感受呢？我不接受来自身份低下的人的施舍——难道不是这样吗？"

然后，浪人突然抱起孩子，将孩子从桥上扔至河中，紧接着自己也跳入了河里。父子双双投河自尽。

为什么会是这样的一个结局？ E 先生沉浸在极大的悲痛之中。

错　觉

那是寺庙管理员 M 先生讲述的一段故事。

M 先生家中仓库房间的脊檩上，放着一只木箱。

那只木箱很早以前就一直放在那里。

不用说，谁家的仓库里都会存放着一两件来历不明的东西。

仓库，是所有房间当中使用年限最长的地方，或许那也是无可奈何的事情。越是放在里面的东西，就越不容易被取出来。如果换了世代，就越是不知道其来历，甚至不知道里面装的是什么东西。这类东西如果在仓库里堆积多了，就越发不容易得到整理——结果就是破烂堆成山，让人无从下手。

可是，像这种被放到脊檩上的东西却并不多见。似乎也并没有那么多东西可以堆得高到房顶上。那只木箱是被特地放在脊檩上的。

它是上一代人，即 M 先生的父亲放在那里的。

"什么？那东西并没有什么特殊的来历，也并不是什么稀罕的东西。" M 先生说道。

从前，祖辈家臣当中有一位下级武士。这位武士每天晚上都要受到噩梦的困扰，为此他感到极度痛苦。白天还好，可到了晚上，只要一躺在床上，噩梦就会随之袭来。因为晚上无法入睡，所以白天总是萎靡不振，以致无法正常履行职责。这位下级武士自认为是得了病，请来了医生帮助检查。这自然是理所应当的，但检查的结果却是，健康状况并无异常。

尽管如此，每晚的痛苦却无法抑制。开了药方，实施了多方治疗，却没有丝毫效果。

一天，不知道什么原因，一直挂在枕边刀架上的武士刀被拿出去了，暂时不在刀架上。

那天夜里，这位武士没有做噩梦，安然入睡。

一时间，看似这位武士的病情得到了缓解，可是第二天晚上，他再次遭到了噩梦的侵袭。

痛苦之中翻过身来，他猛然发现武士刀又回到了刀架上。原来白天的时候，武士刀被送了回来。

难道会是……

武士隐约感觉到，自己这么痛苦或许正是因为那把武士刀在作怪。可尽管他这么想，却没有任何依据，又觉得不可能有这种事情存在。那把刀本来也没有什么特殊的地方，既没有传说也没有典故，既没有受到诅咒也没有遭人作祟，不过是一把极其普通的武士刀。

尽管如此，一旦起了疑心便难以消除。

武士尝试着将刀转移到了隔壁房间，果然再次得以安然入睡。

武士又反复尝试了几次，结果都是一样，只要刀在身边就会受到噩梦的困扰，只要刀远离身边就可以安然入睡。

至此，武士已经完全相信，这种情况毫无疑问就是那把武士刀造成的。于是，武士将自己的想法告诉了 M 先生的父亲。对于家臣的这种奇怪的想法，M 先生的父亲并不能够完全接受。但是为了不让这种事情影响武士工作，M 先生的父亲决定把刀收藏在箱子里放进仓库。并且，把箱子放在了脊檩上。

"总之，父亲并不认为这件事情和那把武士刀有关。因为那只是一把普通的武士刀。"

M 先生的父亲判断，这种情况不是武士刀造成的，而是部下精神上的错觉。

"主人说得不对，那不可能是幻觉，也不可能是错觉。"

M先生的父亲认为，那位下级武士一定是患上了某种精神上的疾病。劳累造成的神经性障碍疾病，往往会以不可思议的形式显露出来。而且，积劳成疾所引起的这一后果，多数情况下本人却感觉不到。为此，尽快找出问题的根源所在——即，把问题假托在一个具体的物体上——就显得极其重要。即使是错觉，但只要把那个具体的物体予以排除，多数情况下病人的症状也可以得到缓解。

既然本人认定是那把刀在作怪，那么只要把那把刀排除，问题自然可以迎刃而解了。

"只要把刀拿到别的房间，不是就会好一些吗？按照父亲的说法，平民百姓更容易得到暗示。可是，如果把刀拿到别的房间，别的房间的人受到噩梦的困扰，同样不能使问题得到解决。"

无疑，那是一种错觉。而这种错觉极易传导给其他人。

一旦感觉枕边上的刀出现异常，势必就会对它始终放心不下。

于是，就会造成不必要的紧张。

如此说来，不可能有人在仓库里睡觉。把那把刀放在仓库里，这一想法本身是非常正确的。但是即使如此，也没有必要特地把它放在脊檩上。或许那是因为，有一些好事的人听说那把刀有些特殊，自然就会想要领教一番，顺便做个恶作剧。如果把刀放在脊檩上，虽然招人耳目，却又不容易取下。

M 先生自己也不止一次地表示，想要看一看那把刀究竟是什么样子，可至今仍没有能够如愿。

"或许是家臣不同意看，说如果出了事情谁也负不起责任。简直是个胆小鬼。可是说起来，那个东西看不看也不重要，于是就听从了家臣的意见。

"但又说那是错觉，这种事情实在不好解释。" M 先生苦笑着说道。

★

听了 M 先生的这个故事，不由得又让笔者（根岸）想起了另一个故事。

那是发生在家住山梨县的 O 先生家里的一段故事。

O 先生家里有一把祖传的精美长刀。

据说那把刀是武田信玄公所赐，是 O 先生家中的传家之宝。主人将那把长刀装饰在了门厅的刀架上，可那刀却不时地兴风作浪。

通常，门厅里不会留人住宿。但有些时候，也会有一些武士在那里守候。

武士在门厅里假寐，如果把脚朝向那把长刀……

就会发生枕头掉向。所谓枕头掉向，并不是枕头跑出来去了脚底下，而是睡觉的人和枕头一起掉了个方向。总之，连人带枕头整整转了半个圈，所以绝对不是睡觉的人不老实。无论什么人，甚至只是在门厅躺下打个瞌睡，只要把脚朝向长刀，就一定会不知不觉地头脚掉向。

不过即便脚朝着长刀的方向，但只要不躺下睡觉，也什么都不会发生。

难道说，这也是错觉吗？

马上就要生了

那是家住麻布的另一位 M 先生的故事。

这位 M 先生的女儿，前不久喜庆地怀了孕。

可是，这位 M 先生却连问也不问一声，而且并不感到高兴。因为实际上，M 先生的女儿还是个单身姑娘。

待 M 先生发觉时，女儿的肚子已经鼓得大大的，现如今连打胎都已经变得很困难了。无疑，女儿也曾有过一些其他怀孕的征兆，但家里人谁都没有察觉。当然，没人察觉自然有其道理。

那是因为，女儿她没有男人。无论如何也想不起来对方是谁，甚至找不出任何线索。既没有发现恋爱的苗头，也没有和男人鬼混过的迹象。

不对，现如今，年轻女子暗地里做些什么事情谁也不知道。或许背着父母偷偷地和男孩子秘密约会……当今这个社会大家都一样，不可能只有 M 先生的女儿例外。

M 先生的女儿人品端正，而且心智相对比较晚熟，整天在父母身边寸步不离，至今从未交过男朋友。她从来不一个人单独外出，所以根本不可能偷偷地和男友约会。即使想瞒着父母交个男朋友，也根本没有接触的机会。

但是话虽如此，M 先生女儿的肚子渐大却是一个不争的事实。

如果真的有了男友，那也是无可奈何的事情，M 先生寻思着。此外，尽管谁也不愿意这样想，但是也不排除被什么人强奸了的可能。

为此，M 先生对女儿说道："你对天发誓，不曾记得有过那种事情！"

女儿回答道："我可以对神起誓。"

可即使这样说，那肚子又不可能自己鼓起来。

"这个月，就要临产了。"M 先生愁眉苦脸地说道。

"说起来，孩子母亲的身体状况一切正常。有时也会出现孕吐，但这是所有孕妇都会有的现象。虽然不知道孩子父亲在哪里，但即将出生的孩子却没有罪过。对于我来说，那又是第一个外孙子。如果相信了女儿的话，那么这个孩子就没有父亲——可我却始终不能够相信这一点。这可不是观音菩萨显灵送子的寓言故事，这是发生在我们家里的真实的事情。这孩子他不可能没有父亲……噢，随他怎么样吧。或许是女儿一时不愿意说出来。

"可是，最近常听到女儿肚子里的孩子在说话。"M 先生又说道。

"至于说了些什么，那倒也听不清楚。只是听见那孩子在母亲的肚子里咿里哇啦地说着些什么。所有人都听见了，是的，我也听见了，我不会听错的。

"他是在对人讲话呢。"M 先生反复强调着。

"究竟，生出来的会是一个什么样的东西？

"马上就要生了。"M 先生无精打采地说道。

一百年间

有一首名叫《播州皿屋敷》[1]的著名的净琉璃[2]。

我曾经听到过那个传说的背景故事。

那是元禄时代的事情，所以说是一个相当古老的故事。

据说，那是故事的主人公青山播磨镇守在尼崎城时发生的事情。那个播磨镇守的家臣当中，有一位名叫 K 的男

---

1 《播州皿屋敷》：是日本的民间故事，讲的是女仆阿菊的亡灵数盘子的怪谈。阿菊不小心打破了主人家的传家宝——十个盘子中的一个，被主人投井杀害。从那以后，每天晚上井底就会传出阿菊数盘子的悲切声音，一个盘子，两个盘子……数到第九个盘子时，就开始哭泣，然后再从头数起。

2 净琉璃：日本民间戏剧形式的一种，以说话为主，三味线（一种日本传统的弦乐器）伴奏。

子。他的俸禄甚是可观，所以说算是身份相当高的人物。

这位 K 的妻子，是一位忌妒心极强的女人。K 的身边有一位名叫阿菊的女仆，K 很是重用她，这引起了妻子的极大不满。

有一次，K 的妻子在盛得满满的一碗饭里偷偷地插入了一根针，并让阿菊把饭端了上去。

K 勃然大怒。

那不是一颗沙粒，也不是一条虫子。那是一根缝衣服的钢针，它不能够混合于食物当中。它可以直接对人体造成伤害，因此可以说这是一种故意伤人的行为。

K 的妻子暗地里对 K 说，那是阿菊干的。

K 完全相信了妻子的话，说那是仆人蓄意加害主人，是十恶不赦的罪行。说完，便把阿菊捆绑了起来，将她头朝下投入了一口古井里杀害。

K 会大发脾气这一点完全可以理解，但这样做实在是过分了。何况阿菊并没有任何作案动机。像小孩子一样搞恶作剧的妻子固然有责任，而轻易就相信了妻子谗言的 K 做事也显得过于简单粗暴了。

紧接着，阿菊的母亲或许是出于对这种行为的抗议，抑或是感觉自己的女儿太可怜，便跟着跳进了那口古井里自杀身亡了。

过了不久 K 也不幸去世，没过几天 K 的家族便彻底败落。

"那可是一百年以前的事情呀！"讲述这段故事的 F 君说道。

"那口井里面并没有发现人们常说的盘子。不是说从那口古井里冒出个幽灵，那幽灵一只一只地数着盘子，所以才称它为'皿屋敷'的吗？可是，我觉得这话说得不对。据我所知，我讲述的才是真实的故事。噢，就算那不是真的，可是过去的确发生过错杀女仆的事件。而且使用的手段非常残酷。"

"岂止是盘子，甚至连个怪物都没有出现。"F 君笑着说道。

"仅仅被怀疑放了一根针，就遭到如此残杀。人死了怎么还会数盘子？即使和母亲一起变成幽灵，那又能怎样？本来这个故事到此也就结束了。可是不久后，那位 K 先生一家老小却因此而断子绝孙。就是说，偌大一个家族因此而断了香火。如果认为那是什么东西在作祟，或许也真是如此。总之，人们都那么传说，关于这个问题，也就到此了结。说什么作祟啦什么因果报应啦，还不都是一样？那都是后人添枝加叶的解释。都说到了晚上幽灵就会'咚锵咚锵'地走出来，可实际上哪里有那种事情？"

所谓幽灵，都是人们胡编乱造的，F君如此说。

"可是……"

F君停下来，皱了皱眉头。

"幽灵那种东西不可能存在。小说或者歌舞伎当中出现的怪物，实际上也都不可能存在。可说起来，怨恨或者复仇这种东西却是一时难以消失的。至于这个故事，那已经是一百年前的事情了……如此说来，去年正好是阿菊的一百周年忌日。"

如果那是一个真实的故事，恐怕的确就是那样。

"但是却出现了……"F君说道。

"确实出现了，而且是大量出现。噢，准确地说，去年恰逢阿菊忌日的一百周年。于是，就在去年，在摄州岸和田的一位武士宅院的井里，那乌泱乌泱的，数也数不清的虫子从井里爬了出来。

"那并不是幽灵，而是虫子。那形状就像是吉丁虫或者金龟子。这种东西通常不会在井里出现。可是，它们却从井里大量地涌出来，以至造成巨大的骚动。"

虫子爬出来当然会让人非常讨厌，但说那是骚动似乎还是有些过于夸张了。

这么一说，F君却回答道："问题在于那虫子的形状。"

把虫子捉来，用放大镜观察发现……

“那形状活像是个女人。而且是女人倒背着手被反绑着的样子。噢，我也看了看。俳句宗师 S 先生去摄州云游时顺便逮了几只，揣在怀里带了回来。

“那形状的确像个女人。”F 君说道。

★

据说那以后，同样是俳句宗师的 T 先生也得到了几条那种虫子，并且将其带回到了江户。

T 先生将那虫子小心翼翼地放进了箱子里。直到过了年，到了第二年的春天 T 先生才想了起来，于是拿出来给大家看。可是虫子却变成了蝴蝶，在 T 先生打开箱子的瞬间飞了出去。

这话听起来真让人难以置信。

如果是破茧成蝶，那么在采集时就应当是幼虫或者是蛹。

可是蛹变成蝴蝶为什么竟然花费了大半年的时间？这让人感到有些奇妙。如果早已经变成了蝴蝶，便不可能在箱子里顺利越冬。总之按照 F 君所说，那虫子属于甲虫，并且栖息在井台附近。如果 T 先生的话属实，那么他说的或许就是另一种虫子。为此，完全不能确定那位阿菊姑娘的怨恨究竟变成了怎样的形状。

正当我冥思苦想时，有消息称——有人拿着一条虫子的尸骸来到了负责奏折的 G 先生的家中。

于是，笔者（根岸）也得以有机会亲自对那条虫子进行验证。G 先生的胞弟、尼崎的当家人 T 君从哥哥的家里把那条虫子的尸骸拿了出来，而且特地送到了城堡。

结果那不是只蛹，依然是条成虫。我所见到的是一只六脚的昆虫，它用一条像蟋蟀的长须一样的线，将自己缠在了小树枝上。

F 君说，那活像是一个女人，双手被反绑在背后。可实际上并不是那样，只是从背后看上去的确像一个女人，她的头上插着一把梳子。

一百年前女仆被害的故事是真是假暂且不论，那条虫子从后面看上去的确像是一个女人。

如果认为那条虫子就是传说中阿菊的冤魂……

"那么在这一百年间，阿菊为什么一直保持着沉默？" T 君说着，显得有些不解。

正在钻出

那是 H 君年轻时候的事情。

一次，在 H 君家做事的家臣 I 先生得了病。I 先生是众多家臣当中最受 H 君宠爱的一个，H 君对他非常信任，时常把他留在身边让他服侍。不仅如此，有时私下里 H 君还亲自到 I 先生的宿舍里来，就是说，I 先生是 H 君的亲信。

就是这位亲信，突然患病倒下了，不必说，H 君一定会感到非常痛心。

I 先生患的并非是一般的疾病。按照医生的话说，没有痊愈的希望了。

H 君非常担心，但是却无能为力。即使是亲信，作为雇主，他也不能只给予 I 先生一个人特殊的待遇。尽管 I 先生身患重病，但无论怎样，I 先生也只是众多家臣当中的一员而已。

当然了，H君不可能每天陪伴在I先生身边照看他。

想要了解I先生的病情，工作时间碍着他人的耳目，又不能总是没完没了地向家臣们打听。为此，H君只能在外出的路上，从同行的家臣那里得到一些有关I先生的信息。

一天，H君率领数名家臣，来到了马场[1]。

夕阳西下，工作告一段落后，H君在回来的路上向家臣们询问起I先生的情况。家臣们面带愁容，回答说情况并不乐观，似乎病情开始恶化了。

H君听了以后心情非常沉重，一路在众家臣的陪同下顺便来到了宿舍。

"想必此时I先生正在大杂院的房间里一个人苦苦煎熬。"H君心里这么想着，猛地抬起了头，只见一个火花落在了门前。

H君还以为是香烟头掉在了地上，可实际上并非如此。

那火花比起香烟头略微明亮些。

尽管没有冒出火焰，却是正在燃烧着。

那感觉就像蜡烛芯脱落掉在了地上一样。

1　马场：练习骑马的场所。

这种情况。着实很危险！通常，大门口处不可能有火种出现。难道是有人放火？

H君立刻命令家臣们尽快扑灭火种。

"必须小心失火！如果着起大火，损失将不可估量，因为里面还躺着病人。"

接到H君的命令，一名家臣立即跑上前去准备踏灭火种。

就在这时，那火种突然跳蹿了起来。

那位家臣立即把它压了下去。

可火种顺势再次蹿起三十厘米左右，在空中游荡一阵后，又重新落在了地面上。紧接着，这一次火种蹿起了六十厘米左右。就这样，火种在大约三十厘米上下的空间范围内上下摆动，火势逐渐加大，眼见着蔓延到整个大门。H君和众家臣只能看着火势不断加大，却是束手无策。

不久，火种冲上了房檐，火焰逐渐膨胀到饭碗大小。

H君不禁浑身一阵战栗。

就像通常所说的，H君这下真正地感受到了什么叫毛骨悚然。

家臣无法扑灭燃烧起的火焰。那分明不是一般的火种。H君再次嘱咐家臣们小心失火，然后便一个人回到了宅院。他从内心里感到了极度的恐惧。

"那火种后来如何，却是不得而知，但那之后，当天夜里便传来了 I 先生死去的噩耗。如果那就是人的灵魂的话……

　　"或许，当时正在从病人的身体当中钻出……" H君说着，苦涩地一笑。

流出了鲜血

我已经记不得，那事情是发生在 U 家的前院还是后院了。

最近，出了这样一件事情。

每当参勤交替[1]时，便会有许多人从地方上来到江户。他们将在下一个参勤交替到来之前，一直驻守在江户。当然了，不可能每次参勤交替时都为他们修筑新的住宅。因此当时在江户就设有很多此类的住宅设施。

只是，说起住宅却有着各种不同的类型。房屋本身按照身份及职务的高低，也有各种不同的规格。身居要职的

---

1 参勤交替：日本江户时期，各诸侯国大名定期前往江户替幕府将军执行政务的一种制度。

人不可能住在破旧的公寓里，普通职员也不可能分得一幢洋房。自然，参勤交替时由于工作地点发生变更，一些人将会回到乡下去，因而就会对空闲的房子进行调整。可是这样分配的结果，却总是会出现房间数量不足的问题。

话说前些日子，U家家臣J由于某些原因推迟了几日上京赴任。

可是等到他到达之后，却发现与自己身份相符的住房已经全部分配完毕。这可让J犯了愁。其他事情尚可以将就，可没有了住的地方便不可能安居下来，也不可能安心工作。这样一来赴京就失去了意义。J经过再三交涉之后，发现有一栋空置的房子。房间大小也和自己的身份恰好相符。

既然有房子为什么不拿出来分配呢？J提出抗议，可事情却变得越发复杂起来。J表示自己非要入住那栋房子不可。

"你可不知，那栋房子它……"管理不动产事务的驻京官员一副愁眉苦脸的样子说道。

"它不能住人！谁要是住了进去，谁就要倒霉。那里曾经连续发生几起奇怪事件，弄得人自暴自弃，对工作丧失信心，甚至被弄得身败名裂，最后不得不辞职回家。"

凡是住在那栋房子里的人，几乎无一例外，最终全都不得不辞职回家——事情就是这样。

"原因各自不同，有的是得了病，有的是不走运遇上了倒霉的事情，还有的是遭遇了事故，也有的是直接被辞退。这其中并没有什么关联，只是但凡住过那栋房子的人，最终都离职回了家。说是偶然也许是偶然，可其他宅院里却从未发生过类似的事情。这件事情传到了大人的耳朵里，大人说那不是好兆头，便下命令禁止使用那栋房子。"

"岂有此理！"

J说着，他是个性情刚毅的人。

"你们这些人都是大人的部下，当然要遵守大人的命令。可是像这种不起眼儿的小事情，难道也值得惊动大人吗？你最好还是通融一下。依我看，大人对部下的疾苦非常关心，部下说那个地方很恐怖，所以他才下达了这样一道命令。你们不必担心，我不在乎那些，而且也不会给大家带来麻烦的……"

结果，J还是强行搬进了那栋房子。

负责的职员立即将J的意思汇报给了大人，大人似乎也看出J是个英雄豪杰，因而也就按照J的意愿任他自行做决定。总之，那栋房子又没有坏，空着不用也是浪费，如果能利用上的话再好不过。

J住进去后并没有感觉出什么不适。过了一段时间以后也没有发生任何意外。对于 J 来说，这也是他事先预料到的。他并没有因此而感到安心，更没有觉得恐惧，只是像往常一样正常地生活着。

可是，一天晚上。

J 将一本书摊开在书桌上，正在专心阅读时，一位素不相识的老人突然出现在了 J 的眼前。不知道老人是从哪里进来的，他也不打个招呼，就径直走到了 J 的面前，"扑通"一下坐在了地上。

"你这老家伙！"

争强好胜的 J 用眼睛瞥了一下对方，心想：我怎么可以先和你打招呼？于是 J 便没有理睬老人。原本对方是非法入侵，J 完全可以毫不留情地把他赶出门外。不理睬已经是最高的礼遇了。

老人遭到冷遇，便一言不发，眼睛直愣愣地盯着 J。过了一会儿，老人突然展开双臂，做了一个向 J 扑来的动作。

"老实点！"不等说完，J 一把抓住老人，按住了他的脖子。

"你是什么人？来这里做什么？"J 大声地质问道。

很明显，J 已经感觉到老人形迹可疑，这种情况下 J 绝不会客气。

"嘿，我一直就住在这栋房子里！你听着，如果你继续在这里住下去，对你没有什么好处，你一定会尝到苦头的！"老人忍受着痛苦，对 J 威胁道。

听老人这么一说，J 越发气不打一处来。他骑在了老人的身上，哈哈地大声嘲笑道："少说废话！告诉你，这房子是大人赏赐给我的，我这里有大人的许可。你既不是家臣也不是武士，究竟是谁允许你住在这里的？你要是未经许可就住在这里，那就是犯罪。你是在胡作非为，你不用吓唬人。你说！是谁批准你住在这里的？"

在 J 的一再逼问下，老人理屈词穷，不知道该如何回答。不必说，一定是 J 说的话在理。

于是，老人哀求道："饶了我吧！原谅我吧！"

既然对方道了歉，也就没有必要再跟他较真儿了。这个老人，或许是无家可归的流浪汉。所以，他偷偷地钻了进来，住在了顶棚上或者壁柜里。如果他道歉并且立即离开，对于 J 来说也没有任何损失。

看来，如果以往的辞职骚乱皆来源于这个老头的威胁——如果只是因为屈服于那个老人的恐吓而辞去了工作，那么，问题的根源就在于本人的胆怯，J 这样想着。

"听我说，老头！从今以后不许你再胡作非为。"

J 训斥了一通之后，便将自己压在老人身上的腿放松了些。就在这时，老人突然从眼前消失了。

也许是他害怕，趁机赶快溜走了。J对此完全没有在意。

过了两三天以后。

一位自称是 U 家监督官的男子，带着一个同伴来到了J 的住地。

"我们是奉大人的命令，不远万里从国都赶来，希望会见 J 君。"

那男子对着仆人说道。既然是国君大人亲自派来的使者，当然不能有半点儿怠慢。J 迅速将二人请进了屋里，换上朝服，再出来见面。

监督官张口便说道："我们非常遗憾地通知你——你在此地名声非常之恶劣。前不久，你不是犯了一个重大的错误吗？"

老实说，J 根本就记不得有这么一回事。听到对方的话以后，J 呆呆地愣住了神儿。

"不客气地说，你犯的错误传到了大人的耳朵里。大人对你极为不满，命令我们对你实行严厉的惩罚。按理来说，根据规定那就是死罪，而且是立即斩首。"

那个监督官和同伴互相看了一眼。

"啊！你们为什么没能够把事情压下来？事情传到了大人那里，我们这些下面的人还能说些什么？"

J越发感到事情不妙，自己突然被宣告了死刑？

"但是尽管如此，鉴于你以往工作很勤奋，突然宣布你被斩首，作为监督官又于心不忍。对于武士来说，斩首不仅意味着死刑，更是一种耻辱。所以嘛，这也是出于武士的大慈大悲，至少也要允许你自行剖腹自杀。你意下如何？噢，事到如今，已经没有减刑的希望了。我们在通知你的死罪之前，可以改变一种形式，就是由你自己亲自悔过自责，然后剖腹自杀。怎么样，你可以办到吗？

"否则的话，那就是斩首问罪。"监督官说道。

的确，斩首问罪和抵罪自杀，死后所受的待遇完全不同。

可尽管如此，却同样都是要去送死。J立即予以了答复。

"我已悉数皆知。承蒙二位大恩大德，本人心甘情愿剖腹自杀。只是，剖腹也须做各种事前准备。既已如此，本人赴死势在必行，可否先请二位暂时等待。话是这样说，您二位也是公务在身，我会尽快准备停当，请稍候片刻。"

J说完便离开座位，去了里间。

到了里间，J便召唤仆人，叫来了住在附近的同僚及上司等人。

在此，J打算暗地里对两位监督官进行当场验证。J对于前来拜访的两位男子没有丝毫印象。鉴于U家家臣众多，

J不可能一一记得住他们的相貌，但多少也认识几位上层人物的面孔。说起监督官，身份并不很低，可自己却对这二人没有印象，这让J感觉到有些不正常，甚至觉得非常可疑！

被叫来的人异口同声地说道："那两个家伙，从来也没有见过。"

"果不其然，谁都不知道。"

J认真向同僚们进行了确认之后，命令仆人们手持棍棒在各处把守，待准备齐全后，J便回到了座席。此时J已经确信那是两个假冒监督官的骗子。

接下来，J说道："监督官先生，让您二位久等了。接刚才的话题，关于您二位所说的事情，本人情愿剖腹自尽。可是，在我认真思考了之后，觉得这里面有些蹊跷。本人根本记不得自己曾经犯过什么大错。"

二位监督官听了J的话以后显得有些慌张。

"噢，我并不是不相信您二位，只是，或许我已经记不清楚了。正因为如此，我和上司商量了一下，准备对此事进行上诉。或许，也存在着冤罪的可能。即使是剖腹自杀，在确定有罪之后也还来得及。"

监督官显得很不高兴。

"可是，如果事情公开出去，那就不可能是剖腹自杀便可以了结的了。到了那时，可能就是斩首了。正是因为如此，我们才特地从国都赶来……"

"哦，哦！关于这件事情嘛，老实说，我在国都里从来没有见到过二位。请问，您二位家住国都的什么位置？您府上位于什么地方？在官府里供事多久啦？"

面对 J 一连串的追问，二人更显得面带愁色。

"我们可是以武士的慈悲，对你酌情给予了谅解的呀！按理来说，我们完全可以例行公事，直接宣布你的死刑。对此你无权提出质疑。况且，我们没有义务回答你提出的涉及个人的问题。"

"果真如此吗？"

J 打开了隔扇门。

"我也认为是这样，所以我召集了一些人。你看，U 家家臣当中没有一个人认识你们二位。你们是假冒监督官的骗子。"

J 将刀柄握在了手里。二人顿时吓得狼狈不堪，起身企图逃跑。事到如今，已经可以肯定，他们完全是冒充官职，性质极其恶劣。J 几乎被逼剖腹自杀，看来这绝非一场儿戏。

J 冷不防拔刀砍去。

刀口正中那男子。自称监督官的男子身中一刀鲜血直流，拼命地逃了出去。他的同伴也被围拢上来的众仆人殴打一气，几乎昏倒在地，最后连滚带爬，总算逃了出去。

从那以后，J的宅子里再也没有发生过奇怪的事件。

噢，对于J来说，或许那里从来也没有发生过奇怪的事件。

大概对于J来说，那只是非法入侵——不，是无家可归的老人非法占据房子，然后被J赶走了。其后是冒充官职，诱逼J自尽的伪装欺诈，又被J识破——事情仅此而已。

那只是两起犯罪事件，而并非怪异现象。

但是，无论如何都让人感到有些奇怪。首先，这两起事件是否相互关联？

乍看上去，似乎可以这样认为——那是对赶走老人的一种报复。这样一来，那位老人与伪装成监督官的那两个男子就是同伙。可是，如果他们是同伙，他们又在一起做了些什么事情呢？

除此之外，曾经在J之前住在那栋房子里的人们，他们果真是因为对那位老人产生恐惧，才离开那栋房子的吗？

不，他们并没有离开那栋房子。他们无一不是自我毁灭，自暴自弃。或许他们和J一样，也曾经陷入被人巧妙设置的圈套之中。

失去了公职，便不可能继续留在公家的住宅里。如果目的是将其赶走，那么迫使其失业，的确不失为最有效的方法。这样一来，认为那位老人和那两个男子是同谋，就显得尤其合乎情理。可即使如此……

即使如此，这一推测却仍然不能将事情完全解释清楚。

那些人真的是想要让老人住在那栋房子里，以至不得不要出如此瞒天过海的把戏吗？或许这其中还有什么其他的理由？但是另一方面，如果说两者之间不存在任何联系，那么事情就越发解释不清了。

虽然 J 显得并不在意，但事实上老人却如一股青烟般瞬间消失了……这又实在让人感到迷惑不解。

那一定是什么奇怪的东西，否则就无法得到解释。可是……

"哪里有那么严重？砍了一刀便流出了鲜血，所以不用说，那就是一个普通的人。"

J 说着，始终没有表现出丝毫退却之意。

判若两人

这是夏天听到的故事。

我只记得那是负责警卫工作的 N 君部下的一员，他的名字已经记不得了。这里假设他是 P 先生。

就在这位 P 先生当班的那天，他在工作岗位上突然精神失常了。他大声地吵闹着，嘴里胡言乱语地嚷嚷个没完——显然是严重的精神错乱。N 君提早让 P 先生回了家，命令他在家中疗养。经过一段时间的疗养后，P 先生的这种异常状态开始有所缓解。可相反的是，P 先生现在却又变得沉默不语起来。

对此完全不知道是什么原因，其中也有人说是因果报应。

就在 P 先生精神失常之前，据说那个时候他正负责土木建筑的施工工作。不知道是为了翻修自己家的庭院，还是在自己家的院子里打井，总之是在自家的领地内进行施工。

施工中接到报告说，从地底下挖出了一个土坷垃。施工的工人说那可能是一尊佛像，于是 P 先生亲自进行了确认。结果，那个土坷垃果然呈现出大佛的形状。

为此，P 先生命令工人们将那个土坷垃清洗干净。待清洗完毕之后，发现那的确是一尊大佛。而且，是一尊造型优美、形状特异的大佛。

通常情况下，发现了这种东西一定会感到很惊喜，因为那是吉祥的象征——多数人也都会这样认为。接下来的事情，就是要修建一座祠堂，把大佛供奉在里面，或许事情也会向着这个方向发展——但实际上却并非如此。

P 先生这个人，是一个所谓的极端的法华宗——即信仰极深的顽固派日莲宗信徒。

日莲宗对于其他宗教所信仰的宗教偶像并不感到吉祥。说起来，他们对于崇拜偶像本身就不感兴趣。

P 先生就是这样一位狂热的信徒。按照这一教旨，P 先生对发现大佛一事并没有感觉到特殊的惊喜。噢，应当说他根本就没有感到惊喜。

面对这样一尊大佛，P 先生感到很是为难，不知道应当如何处理。为此，他找来了在这方面比较精通的朋友，甚至还找来了和尚，和他们一起商量。

可是，所问到的人都一致表示："尽管不知道那尊大佛是仟么人制作的，但的确做得非常精美。无论是造型还是做工，都不是一般人能够做到的。它一定出自一位有教养的行家之手。噢，你要好好保管。一尊珍贵难得的大佛或许价值连城呢。"

可是，对于 P 先生来说，这一结论似乎并不能引起他的兴趣。

把教义不同的佛像保存在家里，这无论如何都与 P 先生的理念相违背。可是大家的说法，却又让他难以舍弃。想要把它送给别人，可又觉得有点儿舍不得。因为大家都说，那个东西价值非凡。

想来想去，P 先生的脑子里出现了一个奇妙的主意。

"略微加工一下，岂不是可以将佛像打造成一座日莲圣人的立身像吗？那样就可以永远保存在身边了。"

P 先生立刻来到附近的铁匠房，请求对佛像进行改造。

幸好佛像是僧人模样，尽管摘去了手里的锡杖和佛珠，却并不影响圣人的形象。可是，铁匠房的老板却说，如果只是焊接铸造倒也不成问题，但是如果要熔化一尊佛像，恐怕会招致报应，因此不愿从命。P 先生解释说，并不是要把它熔化，而是要对它稍加改造，可铁匠房老板却始终没有同意。

P先生遭到拒绝后，无奈向铁匠房老板借了一把锉刀，接着便回到了家中。

P先生打算亲自对佛像进行改造。他用锉刀除去了佛像的佛珠和锡杖，并且对佛像多处进行了改造。

在P先生终于将其制作完毕之后，他便将佛像拿到了城里的妙法寺，请和尚为其开光供养。

而P先生犯神经错乱症，就是在那之后不久。

"或许那是出于偶然，抑或是因为曲解教义而惹得日莲圣人发了怒。但是论其根源，或许仍是出于P先生的宗教理念。P先生虽对佛像进行了改造，但他并没有粗制滥造。因此那绝对不是神在作祟，而是佛像本身发出了诅咒。尽管P先生并没有对佛像表示过不敬。

"我和日莲佛像判若两人——问题就出现在这里。"讲故事的人最终说道。

不许乱动

那是经常到 Y 家出诊的医生 G 先生的故事。

G 先生现在年事已高，那还是在 G 先生壮年时期发生的事情。

一天，G 先生带领四五位医生同伴到野外去采药。

那个时候化学合成的药物极为稀少，多数药物只能靠搜集各种植物药材，然后对其加工并制作而成。比较容易采集到的药用植物，便成了制药的基本原料。

人们必须进入荒山野岭，从茂密的草木丛中寻找到可以入药的植物。因为植物的种类繁多，要想把它们区分开并不是一件容易的事情。许多植物从表面上看非常相似，其中也不乏混杂着一些毒草。因此，采药需要一个熟悉的过程。

那一次，G先生一行人带着一名学徒一起去采药。

他们是想让徒弟在实践当中掌握采药的知识。可虽然这么说，那个徒弟还是个孩子，他蹦蹦跳跳地跟在大人的后面，显得格外高兴。

越过丛林，穿过草丛，一行人来到了一片茂密的竹林前。一座不大不小的山包上，长满了翠绿的毛竹。毛竹之间密密麻麻地生长着各种不同的植物。一身轻松的小徒弟兴高采烈地向着竹林跑去。

这时，一位同行的医生看见后责备道："等一等！那个地方……"

不知道是因为徒弟已经沉浸在了欢乐之中，还是因为医生的声音小，总之徒弟没有听见那位医生的劝告。小徒弟飞快地冲进了竹林丛里。细心的G先生早已察觉到这一切，他向那位医生询问起叫住徒弟的理由。

于是，医生回答道："噢，G先生，这里可是新田明神的所在地呀！或许……"

意思是说——这个小山包位于寺院院内。

可尽管这里处于寺院的院内，却看不到有人打扫过的痕迹，周围一片荒芜。

"我们一行人并没有在神的领地里肆意践踏。我们只是来采集药材，所以不能说我们的行为是对神的不敬。"

听 G 先生这么一解释，那位医生回答道："正是因为如此，我才没有执意叫住徒弟。"

"只是，说是明神，其实我觉得——这里就是新田义贞[1]之子新田义兴的坟墓。"

实际上，那并不是一座小山包，整个竹林就是一座坟墓——大概就是这样。说着，只见那徒弟已经利用学到的知识，开始采集起草药，并且拿着采集到的植物跑了过来。徒弟并没有不遵守寺庙的规矩，也没有做出任何无礼的举动。尽管如此，G 先生仍然向着坟墓认真地鞠了一躬，在内心里诚挚地道了个歉，随后便转身离开了寺庙。

待回到家后，徒弟突然大叫了起来。

"你们可曾拔了我家的草？你们竟如此胆大妄为！可恨，可恨，可恨！"徒弟大声谩骂道。

G 先生一家人听了以后大吃一惊。其中，G 先生更是感到莫名其妙。

我家的草？怎么想怎么觉得与那座坟墓有关。就是说，"我"指的是新田义兴。可那个徒弟并不知道这些事情啊！噢，或许在路上说起时被他听到了——G 先生猛然想到。

徒弟越发大声地怒吼着。没有人能够劝得住。

1　新田义贞：镰仓末期至南北朝时期的武将。

"原来是新田义兴！那么他一定会生气的。可是，却并不是因为我们践踏了神的领地，也不是因为我们做出了无礼的举动。他并没有因此而生气。英雄发怒并非就事论事，看起来他从一开始就已经生了气。这里面并不存在着动机，也没有任何目的。总之，他不希望别人动他一个手指头。所谓的神，其实就是这样，没有任何道理，也不讲什么情面。内心里道歉，内心里烧香磕头，这些内心活动在神的面前是完全行不通的。正是因为如此，才需要留下祭祀的证据。进了寺庙，里面所有的东西一概不许乱动。"G先生这样说道。

　　实际上，无论怎样道歉，无论如何祈祷，徒弟始终没有能够恢复。

　　可是，把草重新栽培到原处，让一切的一切都恢复原状……

　　徒弟立马就恢复了正常。

无法挽回

有时，事情会搞得无法挽回。

都说上了年纪的猫变化多端，还说猫可以附在人的身上。或许这个故事本来也是讲述这一类事情的，可是讲故事的 Z 君似乎并没有把重点放在这一话题上。

在驹入住着一位名叫 Y 的下级官吏。

或许是因为 Y 那天不当班，所以他悠闲自得地睡了个中午觉。Y 还是单身，和母亲在一起生活。

Y 躺在床上打着盹儿，耳边隐约听到大街上南来北往的叫卖声。不一会儿，传来了一个较大的声音，"卖沙丁鱼喽，卖沙丁鱼喽……"或许是卖鱼人正好从家门口路过？

就在这时，从后门传来了母亲说话的声音。

好像是母亲叫住了那个卖鱼的。

"今天晚上吃沙丁鱼啊！"Y心里琢磨着。

那是一个平安无事，逍遥自在的午后。

可是，后门传来一阵嘈杂声。声音模糊不清，只听得似乎有人在争吵着什么。

或许是母亲为了买鱼而叫住了卖沙丁鱼的人，并且把他让进了屋里？可为什么又吵了起来呢？嘿，这个臭卖鱼的，还敢跟母亲大人无礼！ Y迷迷糊糊地竖起耳朵静静听着。

"价格要由我说了算。"Y隐约听见母亲这样说道，那声音似乎显得有些强硬。

"我说过，就给这么多钱！难道你这鱼不卖给我吗？"

"不行啊，那怎么可以！我可没有说这鱼不卖给您。可是，我说夫人……"

"那么，就赶快称来！我说过，我要全部买下，一条也不剩，难道你没听见吗？快！全都称来，一条也不许剩！"

"不，夫人，您听我说！实在抱歉，您这点儿钱顶多也就能够买两条鱼。如果您是在拿我开玩笑，那么就请您高抬贵手，我这里还要挣钱养活一家老小。"

"谁在和你开玩笑？我说过，我要把鱼全部买下，快来给我称鱼!"

"噢,夫人!我说过,您这点儿钱……"

Y 侧过身子,睁了睁眼睛,以为自己还在睡梦中,可实际上却并非如此。

如果相信自己的耳朵,那么很明显,是母亲的讲话有些不太正常。

如果单纯地理解两个人对话的意思,那就是——Y 的母亲硬要用只能买两条鱼的钱,买下卖鱼人所有的鱼。尽管不知道卖鱼人的手里有多少条鱼,但怎么也不止两三条,讲价钱也要有个分寸。

不管怎么说,都是母亲的要求缺乏道理。

可是,Y 无论如何也不能理解母亲的行为。母亲又不是小孩子,Y 实在无法相信母亲会做出那种违反常理的事情。首先,买那么多沙丁鱼,什么时候才能吃得完?如果能够保存起来也就罢了,可沙丁鱼这种不易保存的食品,隔一宿就会烂掉。如果不拿来送给街坊的话,母子二人根本就吃不完。

不久,后门又传来了愤怒的吼声。那声音不是卖鱼人的,而是来自 Y 的母亲。

这时,Y 已经完全清醒过来,他站起了身。

就在这时,只听到卖鱼人"哇——"的一声惨叫。

总之，后门那里似乎出了大事。

Y手提长刀向后门走去。

待Y来到后门一看，那里并不见卖鱼人的身影，只见自己的母亲瞪着眼睛朝着敞开的后门，站在外面。

屋里放着的，大概是卖鱼人留下的木桶，里面盛满了沙丁鱼，一条扁担横放在门口。

Y待要叫声母亲，却又倒吸了一口凉气。

那不是母亲。

站在那里的，是一只穿着母亲外衣的猫。

怎么看那也是只猫。

Y揉了揉眼睛，再看，那还是一只猫。

Y感觉头脑有些错乱。其实他根本来不及错乱，因为那确实是只猫。

"你这家伙，你这只猫精，害死了我母亲，现在又来欺骗我！

"你这只畜生！"说时迟那时快，Y抽出长刀，一刀将那只猫精拦腰斩断。

猫没有做任何抵抗，顺势倒在了地上，血流不止。

它死了。

Y松了一口气，看了看尸骸。那只猫精就死在自己的眼前。

就在刚才，自己还是那样悠闲自得地睡着午觉。

或许那只是个梦？一切都显得与现实有些脱离。砍死了一只猫精，那又是怎样的一种现实？可是，那的确不是在做梦。街坊四邻察觉到动静后立刻跑了过来，Y家的气氛顿时变得紧张起来。

"Y先生，出了什么事？"

"手里提着一把带血的刀……你是不是发疯了？"

街坊们七嘴八舌地说着。

Y回答道："就在刚才，我斩死了一只猫精。"

说完，他猛地低头看了看脚下。

躺在血泊中的猫精，却无论怎么看也不像是只猫。

Y瞪着眼睛，大吃一惊。

"不，这是个妖怪，是只猫精！"

"你说什么？哪里有什么妖怪！你把自己的母亲斩死了，还在这里说胡话？你再好好看一看！"

"怎……怎么会有这种事情？"

Y蹲下身子，从头到脚仔细查看了一遍尸体。无疑，那手脚，那身子，还有那面孔，都与自己的母亲一模一样。

而且，无论时间过去了多久，那尸体都仍旧是自己的母亲。事实上，Y斩死的正是自己的母亲。

Y将自己的母亲杀死了。

"Y顿时感到极大的悲痛——他显得惊慌失措，最终立刻自杀身亡了。他即便不自杀，背负着杀母之罪，也迟早难逃一死。"Z君沉痛地说道。

"咳，实际上，那只猫并没有变成Y先生的母亲。可是……或许只是附在了Y先生母亲的身体上。"

那之后，回来取货物的卖鱼人这样说道："噢，就在我们争论着到底卖还是不卖时，夫人的嘴突然开始向后咧开，一直咧到了耳朵根儿，眼看着变成了一只猫。紧接着，夫人又挥起了猫一样的爪子，顿时吓得我心惊肉跳……"

看起来，卖鱼人也把Y的母亲当成了猫。

"Y并不知道卖鱼人为什么会逃走。实际上，母亲或许早已变成一只猫了。但是，想也不想便立即将其杀死，仍是过于轻率了。是母亲还是妖怪？是斩还是不斩？这是一个非常重大的问题。任何借口都不能够成为理由。无论做什么事情，都必须静下心来，三思而后行。

"否则，就会造成无法挽回的损失。"Z君最后说道。

京极夏彦系列作品

讨厌的小说

★鬼才作家京极夏彦打开魔盒，嫌恶、厌倦、抗拒、不满……在生活上空盘旋、聚散。

★违背常理、疯狂诡异的怪事横生，确凿无疑的事实和荒唐无稽的意外被完美地整合在一起。厌烦、沉重、不快充斥感官，被离奇淹没还是安全逃脱？

★读时大呼"讨厌"、读过后悔必至的怪奇小说，就在这里。

偷窥者小平次

★千呼万唤的时代小说，京极夏彦风格浓郁的江户怪谈隆重登场。

★嫉妒、仇恨、悲叹，恩怨纠缠，阴谋谎言，人人浮沉在这虚妄的世间。

★一切全是虚构的谎言，悉数尽皆空造之事。

★藏于壁橱中的窥视之眼，冷漠看透尘世幽微人心。

幽　谈

★暧昧模糊的此岸与彼岸，死生之间，如梦似幻。恬静淡然、令人"心动"的怪谈，展现京极小说的别样天地！

★神秘的味道、昏暗的色调、奇诡的音律、纤细的感知，交错成八重光怪陆离的梦。

★恐惧，在每个人心中都有不同的样貌。因为，真正的恐惧源于自己的内心。

冥　谈

★如梦似幻的妄想，若远若近的记忆，亦真亦虚的传说，爱恨交织的情感，死生难辨的呼吸……淡然笔触描绘玄妙魅惑的世界。

★八则精致的故事，八种时空的异象，怪异中蕴藏怀念之感。一本有声音，有温度，又充满奇异光辉的现代怪谈。

旧怪谈

★爱欲、嫉恨、谎言、妄想、冲动、执念……原来人世幽冥只隔一线。现实与异界转瞬变换，真假虚实难辨，那些想不通的、不可说的，到底是超自然事物的出现，还是人心的幻觉与妄念？

★三十五个发生在日常中的不可思议之事，三十五篇古典与现代风格交织的奇闻怪谈。字里行间迷雾重重、鬼影幢幢，一个接一个的谜团，到底真相为何，最终也无人知晓答案。